Pinta el viento

PAM MUÑOZ RYAN

SCHOLASTIC INC.

New York   Toronto   London   Auckland   Sydney

Mexico City   New Delhi   Hong Kong   Buenos Aires

Originally published in English as *Paint the Wind*

Translated by Sandra Rubio

ISBN 13: 978-0-545-07789-7
ISBN 10: 0-545-07789-3

12 11 10 9 8 7 6 5 4 3 2 1   8 9 10 11 12 13/0

Printed in the U.S.A.

First Spanish printing, September 2008
The display type was set in PT Vincent Regular.
The text type was set in Perpetua.
Book design by Marijka Kostiw

A mi hermana,

Sally Gonzales,

por su firmeza

y valor para

caminar, trotar y galopar...

un paso a la vez.

—P.M.R.

Dum vivimus vivamus.

Mientras vivimos, vivamos

Mi agradecimiento a

Bobbie y Mike Wade de High Wild & Lonesome por mi paseo a caballo de siete días a lo largo del sureste de Wyoming. Y a mis compañeros de cabalgata: Dawn, Ellen, Ginny, Helen, Kate y Sally, por su camaradería.

Dana Rullo de Dana Rullo Stables, Olivenhain, California, mi sabia y fabulosa instructora y amiga. Y a Mary Leigh por haber revisado el manuscrito.

Dave Dohnel de Frontier Pack Train Packing Station, que organizó mi cabalgata de cuatro días en la Sierra oriental. Y a Shelley por acompañarme.

Gilcrease Museum, The Museum of the Americas, Tulsa, Oklahoma.

Ginger Kathrens, autora de *Cloud: Wild Stallion of the Rockies* y directora ejecutiva de la Cloud Foundation.

Hope Ryden, autora y fotógrafa de las prestigiosas obras *America's Last Wild Horses* y *Wild Horses I Have Known*, por haber revisado el manuscrito con gran cuidado.

Joyce Herbeck, Ed. D., Montana State University.

Kathy Johnsey y el Pryor Mountain Wild Mustang Center.

Neda DeMayo, fundadora de Return to Freedom, el American Wild Horse Sanctuary.

Roland Smith, autor, zoólogo y amigo.

Scott Sutherland, propietario de Smokem, Jr. ("Smokey"), mi caballo de entrenamiento.

Tracy Mack, editora visionaria. Y a las pioneras Jean Feiwel y Liz Szabla.

Al
paso

1

ARTEMISIA SABÍA QUE ERA HORA DE SOLTAR EL POTRO.

Llevaba toda la tarde inquieta, dando vueltas alrededor de la pequeña manada de caballos salvajes. Solo se detuvo para pacer, pero sin mucho interés. El cielo se volvió de un color rojo violáceo, y paró de masticar de repente, con trozos de hierba todavía pegados en el hocico, como si hubiera olvidado que estaba comiendo. La ubre se le había hinchado en las últimas semanas, pero se había acostumbrado al dolor y la tirantez. Las primeras gotitas de leche comenzaban a salir de sus pezones.

Con la promesa del anochecer, se alejó de los demás. Las manchas blancas y marrones típicas del caballo pinto se balanceaban al compás del voluminoso pasajero que llevaban dentro. Artemisia podía oír los tiernos relinchos de su pequeña manada de caballos: su hija Mary, su yegua "hermana" Georgia,

Wyeth, el potro de 2 años de Georgia, y Sargent, el semental palomino que lo había engendrado.

Antes de desaparecer tras una colina cubierta de salvia, miró hacia atrás y vio la figura protectora de Sargent: la cabeza erguida, las orejas apuntando en su dirección, las patas delanteras expectantes, como si le estuviera preguntando por qué se iba. Protestó. Ella contestó con un suave relincho gutural. Sabía que él no podía ayudarla en este momento y que no la seguiría. Artemisia tenía que ocuparse de parir ella sola, utilizando, como únicas armas, los instintos que heredó de sus ancestros.

Se alejó con una aprensión familiar. El nacimiento de su primer potrillo había sido un éxito. Mary era una potranca sana y fuerte de dos años. Pero el recuerdo del potro del año anterior aún le dolía. El bebé nunca llegó a ponerse en pie y quedó sin vida en el suelo. Artemisia le guardó vela durante días, acariciando de vez en cuando su cuerpecito con el hocico y pidiendo un milagro. Al final se dio por vencida y volvió a su y abatida, con la cabeza baja. ¿Le pasaría lo mismo

) potrillo esta noche?

Artemisia encontró un montoncito de salvia y flores silvestres donde acostarse. Incómoda, se levantó, tocó el suelo con los cascos y dio vueltas. Sudaba por los costados y volvió a tumbarse cuando empezó a notar el agua y a sentir que el parto era inminente. A medida que empujaba el potro hacia fuera, la respiración se hacía más lenta y profunda. El líquido amniótico salió a la superficie y, a través de la tersa membrana transparente, se podía ver un casco, luego otro y luego la promesa de un hocico, como si el potrillo se hubiera preparado para bucear. Artemisia gimió y gruñó. Salieron la cabeza y los hombros, y la fina membrana se rompió al salir la parte superior del cuerpo del potro.

Artemisia levantó la cabeza intentando ver a su bebé.

El potro yacía sin moverse, mitad en este mundo y mitad en el otro, como el fantasma de una posibilidad.

2

Maya abría sus ojos violeta de par en par mientras decía:

—La única forma de cazar a un fantasma es pintando la cola del viento.

Agarró con una mano el pequeño caballo de plástico marrón y blanco y lo movió en círculos sobre la colcha de lana. El sol de junio bajó un poco más en el cielo de California y su luz penetró a través de las ventanas de la parte oeste de la casa de dos pisos en la que vivía con su abuela. Maya movió la figura para que pareciera que trotaba en el aire.

—Soy un fantasma misterioso —susurró—, y vivo en las estrellas. ¿Quién me encontrará?

Con la otra mano agarró un caballo negro y lo alzó, haciéndolo perseguir al caballo fantasma.

—Cabalgo por el viento, más rápido que el más rápido y voy por ti. —El caballo negro alcanzó al fantasma—. ¡Eres mío para siempre! —añadió, poniendo las dos figuras en una mano y agitándolas por encima de la cabeza.

Las figuras de los caballos árabes, appaloosas y de otras razas que sobresalían de una caja de zapatos habían sido de su madre. En aquel tiempo los colores eran brillantes: alazán, zaino, palomino y overo. Tras años de juguetear con ellos habían perdido su luminosidad y solo quedaba un recuerdo de la pintura original.

Maya tenía solo cinco años cuando murieron sus padres. Desde el accidente, ocurrido seis años antes, vivía con su abuela paterna. No se acordaba mucho de su madre a no ser por las cosas que su abuela le había contado. Que era demasiado franca. Que nunca se había esforzado por encajar en la alta sociedad de Pasadena.

Y que su lugar tendría que haber sido la casa, no cabalgando hasta el fin del mundo. Maya tenía la sospecha de que había cosas mucho más importantes por averiguar. Cosas hermosas, como los pequeños retazos de recuerdos que a veces le venían a la mente: mamá cantándole una canción de cuna con la cara tan cerca que el pelo le hacía cosquillas en las mejillas. O un recuerdo muy vivo que Maya guardaba como un tesoro: su mamá y ella sentadas en una pequeña alcoba que tenía una ventana y el techo torcido, jugando con estas mismas figuritas. Su madre le había hablado de los caballos fantasmas y de cómo vivían libres y salvajes en las estrellas. ¿O no?

Maya sacó una foto del fondo de la caja de zapatos y contempló la imagen. Su madre estaba montada en un caballo marrón y blanco, con las riendas en una mano y saludando con la otra. Sonreía de oreja a oreja y sus ojos brillaban, llenos de alegría y cariño.

La joven de la foto podría ser Maya dentro de unos años. Tenían la misma constitución esbelta y delicada, el cabello pelirrojo cobrizo y los inolvidables ojos violeta. La única diferencia era el tono de piel de Maya, más oscuro que el de su madre, herencia, seguramente, de los ancestros del sur de Europa de su abuela paterna.

Maya dio la vuelta a la foto. Detrás habían pegado un recorte de un libro sobre nombres para bebés y sus significados. Volvió a leer el nombre entre Mabel y May.

Maya. Un viaje a punto de comenzar.

Se llevó la foto de su madre y el caballo marrón y blanco hacia la ventana principal de su cuarto. Colocó la foto y la figura en el alféizar, como solía hacer, mirando hacia la calle. Se quedó de pie detrás, con las manos en la espalda, mirando también a la calle, como si fuera parte del público de un desfile.

Desde esta posición podía ver perfectamente Altadena Lane, con sus anchas aceras y su procesión de robles gigantescos. Entre los espaciosos caminos de entrada a las casas se veían jardines cuidados con esmero. Las buganvillas de color fucsia cubrían la mayoría de las vallas. Inmensas flores de color lavanda florecían en las hortensias. Pero Maya miraba más allá. Trató de imaginar todo lo que ese pequeño caballo sabía sobre su madre y que ella desconocía: una vida lejos, muy lejos de Pasadena, llena de sementales y yeguas, riendas de cuero, botas, sillas de montar y alegría a manos llenas. ¿Por qué se veía su madre tan feliz? Maya se preguntó si su risa se parecía a la de su madre. Su cara se ensombreció. Hacía mucho tiempo que no se acordaba del sonido de la risa de su madre y, es más, ni

9

siquiera recordaba la última vez que había oído su propia risa.

La puerta se abrió con un crujido y Maya se volvió.

La nueva ama de llaves, Morgana, entró en la habitación. Llevaba solo una semana empleada, era meticulosa hasta la exageración para agradar a la abuela y, de momento, una ferviente aliada de esta. Pero Maya sabía que era cuestión de tiempo para que acabara yéndose con una rabieta o llorando de alivio, como las demás. Una vez Maya intentó recordar los nombres de todas las amas de llaves que había conocido, pero perdió la cuenta a las dieciocho.

—Solo quería ver cómo ibas con tus tareas —dijo Morgana. Era más delgaducha, vieja y metiche que la mayoría. Llevaba uniforme negro, delantal blanco y el pelo recogido en el consabido moño a la altura de la nuca, parecía un pingüino arrugado y desnutrido.

Morgana miró los caballos en la cama.

—Maya, tu abuela dio instrucciones específicas sobre cómo organizar el día —dijo arqueando las cejas—. Yo te llevo y te recojo de la escuela. Después tienes que hacer tus tareas hasta la hora de cenar, a las seis. Y nada de jugar.

—Ya he acabado mis tareas —dijo Maya sonriendo—. Y saco muy buenas notas, así que no tienes que estar pendiente de mí. Las otras amas de llaves no lo hacían. Llegamos a un acuerdo: yo soy puntual a la hora de ir a cenar y ellas me dejan en paz en mi habitación. Mientras mis notas sigan igual, a la abuela no le importa.

—Espero que te des cuenta de que no soy como las demás amas de llaves —dijo Morgana secamente—. Me tomo mi trabajo muy en serio y, puesto que tu abuela me paga por mis servicios el triple de lo que normalmente gano, tendré en cuenta sus deseos y no los tuyos. Para serte sincera, es reconfortante tener como patrona a alguien que comparte mi visión respecto a la educación de los niños.

Maya refunfuñó. Sabía cómo eran las de su clase. Puede que Morgana durara un poco más que la mayoría, pero no mucho.

—Estoy segura de que tu abuela no aprobaría este tipo de actividad —añadió Morgana mirando los caballos.

—No sabes cuánto lo siento —repuso Maya con ojos de corderito—. Me gusta jugar con ellos de vez en cuando porque me recuerdan a mi madre. Ella me los dio... ya sabes, *antes de*.

—Ah, sí, tu abuela mencionó algo al respecto —dijo Morgana suavemente—. ¿Cómo...?

—Ocurrió hace seis años y fue una verdadera tragedia —dijo Maya abriendo los ojos de par en par—.

Estábamos en Costa Rica de vacaciones en un hotel de lujo. Verás, el caso es que íbamos a algún lugar exótico todos los años, los tres solos. París, Hawái... a todas partes. Fuimos a bucear a una hermosa laguna cristalina. Íbamos los tres de la mano tan felices, nadando y viendo los preciosos peces tropicales y los arrecifes de coral. Y entonces empezamos a seguir a una tortuga gigante. Mi madre siempre había soñado con nadar con tortugas de mar. Pero, antes de darnos cuenta, nos habíamos alejado demasiado y una lancha de motor no nos vio en el agua. —Maya sacudió la mano en el aire—. Vino derecha hacia nosotros y... ¡Zas!

Morgana se llevó una mano al pecho.

—Pasé mucho miedo. En el último minuto mi padre me lanzó hacia un lado y me salvó la vida. Pero, por desgracia, pasó lo peor.

Morgana se llevó la mano a la cara.

Maya agarró el caballo que estaba en la ventana, soltó unas lagrimitas y lloriqueó un poco.

—Esos caballitos son lo único que me queda de mi madre, pero los escondo de mi abuela en señal de respeto. La abuela les tiene pánico a los caballos. Es un caso muy serio y le trae malos recuerdos de algo que pasó hace mucho tiempo, cuando un semental salvaje muy peligroso la tiró al suelo. Se enoja muchísimo con cualquiera que se atreva a mencionar el tema. No se lo vas a decir, ¿verdad?

—Guárdalos, Maya —dijo Morgana, frunciendo los labios—. Y no vayas a llegar tarde a cenar.

Cuando Morgana salió, Maya miró con el ceño fruncido hacia la puerta. Los caballos y la foto eran lo único que le quedaba de su madre. Eso era verdad. ¿Pero sería capaz Morgana de descubrir el resto de las mentiras? ¿Sería capaz de traicionarla? Maya se reprendió por haber cometido tal error. Nunca debería haber sacado los caballos de su lugar secreto y habérselos mostrado a alguien tan poco digno de confianza como una nueva ama de llaves.

Maya guardó todos los caballos y la foto en la caja de zapatos y la puso en el ropero, escondiéndola en una chaqueta que abrochó hasta arriba y que ató en la cintura con un cordón. Luego revisó el ropero para asegurarse de que no se notara nada fuera de lo normal. Todo parecía estar conforme a los gustos de la abuela: las faldas de algodón, los vestidos cursis y el uniforme nuevo de la escuela estaban en orden y equidistantes unos de otros. Todas las perchas y cuellos apuntaban a la misma dirección. Las punteras de los zapatos estaban en fila. La blusa blanca que debía ponerse al día siguiente estaba colgada detrás de la puerta, lavada y planchada.

Maya se miró en el espejo que colgaba en la pared en

frente de la cama. Se cepilló el pelo y lo recogió en una coleta. Comprobó que la falda plisada y la reluciente blusa no tuvieran pelusas y se aseguró de que el par de medias blancas estuviera doblado en un pliegue de dos pulgadas exactas. Maya pensaba que eran ridículas y estaban pasadas de moda. ¿Pero qué importaba? Las veía tan poca gente. Maya frotó la mancha del zapato izquierdo de cuero genuino hasta que le empezó a escocer el dedo. La abuela no soportaba las manchas.

El reloj marcaba casi las seis. Maya bajó las escaleras lentamente. En la pared, al otro lado de la barandilla, había una docena de fotos de su padre, todas del mismo tamaño y con marcos idénticos, formando una escalera descendente, guardando la misma distancia entre una foto y la otra: primero las fotos de bebé, después las de la escuela primaria, graduaciones de la preparatoria y la universidad y ocasiones en las que había vestido con traje de chaqueta o esmoquin, todas ellas con la abuela del brazo. La última foto se había tomado en un estudio: papá, abuela y Maya a los dos o tres años. Estaba en el regazo de su papá y su mano regordeta de bebé intentaba tocarle la cara. La abuela estaba de pie detrás de él con las dos manos firmemente posadas en sus hombros. Hacía tiempo que Maya había dejado de pedirle a la abuela fotos de la boda de sus padres o cualquier foto de su madre. La única prueba de que su madre había existido era la foto que tenía escondida en la caja de zapatos. Y su presencia fantasmal en las fotos en las que la abuela había recortado su figura.

Maya llegó de puntillas al comedor, esforzándose por no rozar el aparador de caoba que contenía los jarrones de cristal. Las sillas blancas de damasco estaban cubiertas con un plástico transparente, como el resto de los muebles tapizados de la casa. Maya se acercó a la silla, se alisó la falda por detrás de las piernas y se sentó con la espalda recta.

Entonces entró Morgana, ubicándose delante de la puerta de la cocina y revisando la mesa.

Maya hizo lo mismo con la mirada. Todo parecía estar en orden: las servilletas blancas de lino a una pulgada de distancia del borde y dobladas con las esquinas hacia la izquierda, y la jarra de agua sobre un paño de té doblado y con el asa hacia la derecha. Maya no pudo encontrar ningún error, ni siquiera una simple arruga en el mantel brocado blanco. Soltó un ligero suspiro de decepción. Morgana era buena en su trabajo.

El reloj marcó las seis.

Maya cruzó las manos sobre el regazo y esperó.

3

ARTEMISIA DESCANSABA ENTRE CONTRACCIONES, resoplando y sabiendo que iban a venir más. Enseguida empezó a sentir la presión del dolor y empujó con todas sus fuerzas, hasta que el resbaladizo potro salió por completo al mundo.

Cuando Artemisia se levantó, el cordón umbilical se rompió. Artemisia reposó la cabeza y lamió el pelaje húmedo y pegajoso del potro recién nacido, animándolo a respirar con la lengua. Por fin, el potro se despertó y se movió. El pequeño cuerpo se incorporó. El potro, que se llamaría Klee, se revolcó, levantó la temblorosa y pesada cabeza y sacudió las orejas. Al ratito se puso de pie, aunque con las patas delanteras demasiado separadas. Se desplomó en el suelo con las patas desparramadas, como las alas de un pájaro. Artemisia esperó hasta que volvió a levantarse, con las patas tiesas y tambaleándose. Se acercó a él abriendo las patas traseras de forma que Klee pudiera mamar. Este intentó hacerlo apoyándose en la corva de una pata y Artemisia se movió hasta que él por fin encontró una mama de la que alimentarse.

Artemisia se acurrucó junto a su bebé y se sintió contenta y sin ganas de volver a la pequeña manada. Agradecía el descanso, libre del escrutinio constante de Sargent y sus obligaciones como yegua principal. Con Mary había conseguido estar libre una semana, disfrutando de la soledad con su nueva potranca hasta que Sargent la descubrió y la llevó de vuelta a su harén.

Y ahora, con su bebé acurrucado junto a ella, la cabecita apoyada en su cuello, Artemisia veía claramente que su pelaje iba a ser muy distinto al de Sargent, el palomino dorado. A medida que se le secaba el pelo, Klee se iba convirtiendo en la viva imagen de Artemisia: un tobiano pinto con manchas marrones y blancas, como las piezas de un rompecabezas, y la crin y la cola como una nube. Las secciones más claras del pelaje de ambos relucían en contraste con el pasto, pero las partes oscuras de sus cuerpos se desvanecían en la oscuridad de la noche. Desde la distancia, madre e hijo parecían dos espíritus que deambulaban en la atmósfera terrestre.

4

AGNES MENETTI, VISIÓN PÁLIDA DE LA RECTITUD, DABA golpes con el bastón para llamar la atención. A sus ochenta y ocho años, su excepcional postura erguida, busto de gran tamaño y cabello cano y corto en forma de casco le daban la apariencia de una paloma. Tenía una pelusilla de bigote blanquecino y le gustaban las faldas largas y estrechas, las sandalias ortopédicas y las blusas blancas de seda holgadas, y siempre llevaba los lentes colgando de una cadena de perlas.

Maya se preguntó muchas veces cómo habría sido la vida de la abuela antes de la muerte de su padre. Una de las amas de llaves le dijo que la abuela había viajado mucho y asistido a comidas importantes, e incluso había sido voluntaria llevando comida a los enfermos y ancianos confinados en su hogar. Pero Maya nunca la había visto salir de su finca en Altadena Lane.

—Buenas noches, abuela —dijo Maya.

—Buenas noches, criatura —contestó la abuela mientras inspeccionaba la mesa, asentía satisfecha y se sentaba en la silla—. Morgana, esta tarde se cayeron algunas hojas de la magnolia. Los jardineros no vuelven hasta dentro de tres días. Después de cenar, recógelas y deshazte de ellas. No soporto el suelo cubierto de follaje. Es antiestético y provoca la aparición de bacterias y moho. Y he visto que una de las sillas del patio tenía algunos rasguños...

Maya negó con la cabeza imperceptiblemente. Los muebles del jardín, las macetas, los caminos, las estatuas, el exterior y el interior de la casa y el gran muro que rodeaba el patio lateral y el exterior se habían pintado de blanco y se volvían a pintar a la menor señal de desgaste. La camioneta del pintor local estaba aparcada allí de forma casi permanente. Obedeciendo los caprichos de la abuela, los empleados descendían por el camino con sus herramientas y equipo de trabajo para eliminar la breve historia de todo lo que estaba de más, pintando el mundo de Maya en Altadena Lane del color de las sábanas más blancas.

—Llama a Pinturas Blanchard —siguió diciendo la abuela—. Me conocen de sobra y son rápidos. Diles que vengan mañana y me den el presupuesto por pintar los muebles del jardín. —Se puso la servilleta en el regazo y se volvió hacia Maya—. ¿La escuela?

Un recuerdo agradable nubló el sentido común de Maya.

—Hoy la señorita Webster apagó todas las luces de la clase —dijo— y dejó que recostáramos la cabeza en el pupitre mientras...

—Espero que esto no sea una frivolidad, Maya —dijo la abuela—. No quiero ni pensar que esta escuela es como todas las demás.

Maya había cambiado de escuela ocho veces en seis años, y había aprendido a evitar toda referencia a amigos, viajes, asambleas o cualquier cosa que pudiera interferir con las horas de clase o las tareas. De lo contrario, habría una nueva escuela en el horizonte. Las vacaciones de verano comenzaban en unas semanas. Maya adoraba a la señorita Webster y se acababa de enterar de que seguiría en la escuela el próximo año. Y Maya tenía la intención de hacer lo mismo. Pensó en algo que decir que no fuera la verdad.

—Claro que no, nada de frivolidades. Lo que la señorita Webster en realidad hizo fue probar una nueva técnica educativa que había leído en una revista de maestros muy importante y que nos ayuda a recordar las palabras que tenemos que deletrear cerrando los ojos y visualizándolas, como hacen en el concurso nacional. Emplea técnicas vanguardistas, y esta fue increíblemente eficaz. No tuve ni un error en el examen.

—Y yo no esperaría nada menos. Mi Gregory, que en paz descanse, fue siempre un estudiante fabuloso. Nunca puso en juego su educación, Maya, y tú tampoco lo harás. —Giró la cabeza y se dirigió a Morgana—. ¿La carne?

Morgana desapareció y volvió a entrar con el guiso de carne en una fuente que puso en el centro de la mesa, a la distancia exacta entre el plato de verduras y el de las papas.

Maya revisó la fuente para ver si tenía alguna mancha de salsa ofensiva. La abuela había despedido a otras amas de llaves por mucho menos, pero por desgracia, Morgana tenía buen pulso.

—Morgana —dijo la abuela—, ¿barriste y enceraste el piso hoy?

—Sí, señora Menetti, no hace ni tres horas.

Maya miró abajo hacia la baldosa blanca, que resplandecía como el alabastro.

—Veo una zona algo sucia —dijo la abuela—. No tolero la ineficacia en esta casa, Morgana. Saca brillo al piso después de la cena.

Maya dirigió a Morgana una sonrisa piadosa, como diciendo "¿Lo ves? Es imposible".

—Por supuesto, señora Menetti —repuso Morgana, visiblemente sorprendida, antes de desaparecer tras la puerta de la cocina.

Maya comió con la cabeza baja. El silencio se podía cortar con un cuchillo y los sorbos de la abuela resonaban en la sala. Los ruidos del vecindario se filtraban por la ventana abierta de la sala. Uno de los chicos de la calle de enfrente contaba hasta diez para jugar al escondite. El camión de los helados paseaba por Altadena Lane con su musical tintineo de carnaval, perseguido por los grititos de los niños rogándole que se detuviera. Sonaban timbres en las aceras. Maya miró afuera fingiendo indiferencia. La abuela no tenía interés en tonterías de ningún tipo, jamás.

Morgana entró de nuevo en la sala con aire de superioridad.

—Señora Menetti, espero no sobrepasar mis obligaciones presentándole esto —dijo ofreciéndole la caja de zapatos de Maya—, pero usted me pidió que fuera muy estricta en cuanto a la supervisión de Maya. Esta tarde la vi jugando con estas figuras. Las tiene escondidas en su ropero.

—¡No! —dijo Maya levantándose y apretando la

servilleta. El guiso le dio vueltas en el estómago y en el rostro se le dibujó la más absoluta incredulidad.

La abuela le hizo señas a Morgana para que se acercara. Se puso los lentes y miró en la caja. La foto estaba encima de todo lo demás.

—¿Desde cuándo está esto en mi casa?

—Ella… yo… mi… madre me los dio cuando era pequeña. —Por primera vez, Maya no supo inventar una mentira para agradar a su abuela—. No te lo dije porque no te gustan los caballos.

La abuela se incorporó y examinó de cerca a la niña.

—Maya, ¿es que te has olvidado que la obsesión de tu madre por los caballos fue la desgracia de tus padres?

Maya se sentó con la mirada fija en el plato.

La abuela se dirigió al ama de llaves.

—Verás, Morgana, lo cierto es que mi Gregory ya

había pasado de sobra la edad de casarse cuando conoció a la madre de Maya. Tenía más de cuarenta años, un hombre de negocios con mucho éxito y una situación privilegiada en la alta sociedad de Pasadena. Se fue de vacaciones a Wyoming. De excursión para pintar, a quién se le ocurre, en pleno bosque. La pintura al óleo era una afición tonta y sin importancia. Y entonces conoció a esa mujer. ¡Imagínate! Era muchísimo más joven. Su familia vivía con animales. Como animales. Se la llevó de ese lugar desolado y olvidado de Dios y la trajo a la civilización. —La abuela dio un gran suspiro—. Esa es la clase de hombre que era, siempre queriendo ayudar a los necesitados. Pero ella no podía dejar de montar a caballo. Y mi hijo se lo permitió. Fue yendo de camino a una de esas excursiones al fin del mundo, para que ella pudiera montar y él pintar, cuando tuvieron el accidente. Era mi único hijo, mi dulce niño… y esa mujer y sus caballos me lo quitaron. Igual que si lo hubiera matado con sus propias manos.

—Mi más sentido pésame, señora Menetti —dijo Morgana—. Entonces, con el debido respeto, señora, ¿su hijo y su nuera no murieron en un accidente de lancha en Costa Rica?

La abuela volvió al presente de un respingo.

—¡Por supuesto que no! ¿De dónde has sacado semejante idea?

Los ojos de Morgana se fijaron en Maya, quien intentó parecer arrepentida, a pesar de que con cada latido sentía cómo la furia la inflaba por dentro, como un globo a punto de explotar.

—Mi nieta tiene una gran imaginación, Morgana, pero después de todo, es solo una niña. Con el tiempo lo superará. Mi Gregory era sincero y Maya será como él. Puedes estar segura. Tira esa caja a la basura del patio.

No quiero que en mi casa haya nada remotamente relacionado con esas bestias o esa mujer.

Morgana se marchó con la cabeza erguida y el paso firme.

Hubo silencio hasta que Maya oyó el cerrojo de la puerta.

—Revoco tu privilegio de visitar la biblioteca los sábados —dijo la abuela—. Puedes retirarte para tomar tu baño.

Maya evitó mirar a los ojos a su abuela mientras se deslizaba de la silla. Subió las escaleras con los puños cerrados. Hizo una mueca de dolor al pensar que podía perder su único escape de la semana, su único tiempo libre en la biblioteca supervisado por el ama de llaves. *El gran libro de los caballos* y *La enciclopedia equina* tendrían que esperar, pero no importaba. De cualquier manera, no quería ir a ningún sitio con Morgana.

La mente de Maya daba vueltas mientras se bañaba. Habían recogido la basura el jueves. Ese día era viernes. Lo que le dejaba a Maya una semana entera para recuperar sus caballos. Mientras se ponía el pijama y la bata, se consoló recordando a todas las amas de llaves que había conseguido sabotear en menos tiempo: a Kathryn, metiendo una camisa azul en la lavadora con la ropa blanca de prendas delicadas de la abuela; a Patricia, convenciéndola de que a la abuela le encantaban los jalapeños; a Laura, asegurándole que no era poco apropiado, ni mucho menos, pintarle las uñas de rojo carmín.

En la cara de Maya se dibujó una sonrisa. Una semana era más que suficiente.

5

ARTEMISIA PENSÓ QUE SE HABÍA AUSENTADO SUFICIENTE tiempo. Levantó el hocico y paró las orejas. Había algo en el aire que no le gustaba. Sintió con urgencia que debía regresar para proteger a su manada. Empezó a caminar, con Klee pegado a sus talones.

En el camino, si ella giraba a un lado, Klee también lo hacía, imitando el movimiento con sus patitas enclenques. Cuando intentaba parar para curiosear en una roca o un arbusto, Artemisia lo guiaba con la cabeza para que siguiera caminando, por miedo a que se convirtiera en presa fácil de un depredador hambriento. Artemisia guió a su obediente bebé hacia la cima de la colina, desde donde vio con alivio la manada de caballos. Relinchó anunciando su llegada. Cuando todas las cabezas se volvieron, avanzó con paso lento y regio, orgullosa de traer un nuevo miembro al hogar y satisfecha por la seguridad que proporcionaba la manada.

Sargent, siempre alerta, movió la cabeza hacia ella, como diciendo, "Te hemos extrañado. Bienvenida a casa. ¿Y quién es este?". No se dio prisa en ir hacia Artemisia. Al contrario, siguió erguido en su puesto, alerta, como un guardián protector.

Artemisia vio cómo Georgia se acercaba a saludarla con relinchos suaves y profundos. Olió al bebé con curiosidad inocente. Klee bajó la cabeza para acariciarla y le tocó la nariz, pero enseguida se volvió tímido y se escondió detrás de su madre. Wyeth se acercó con el ímpetu de un potro de dos años. Cuando empezó a parecer demasiado agresivo, Mary impidió que llegara más lejos. Luego acarició al potro con el hocico. Artemisia lo permitió.

Artemisia se alejó para orinar. Sargent acudió, olió la orina y la cubrió con la suya para que el resto de los machos supieran que Artemisia era suya.

Artemisia deambuló hacia el potro y vio cómo Sargent se

acercaba para conocer a su hijo. Nadie le había enseñado a Klee cómo defenderse de un semental, pero su instinto le enseñó que debía encoger los labios y castañear los dientes, como diciéndole a su padre, "Soy joven y pequeño. No soy ninguna amenaza para ti. Necesito que me guíes, así que, por favor, no me hagas daño". Satisfecho con la sumisión requerida, Sargent resopló frente al hocico de Klee y se acercó a Artemisia, quien sintió los suaves tirones mientras le mordisqueaba el pelo del cuello. Ella hizo lo mismo y se acariciaron mutuamente.

Esa noche, durante varios minutos cada hora, Artemisia sentía que Klee se le acercaba tímidamente, buscando la tierna seguridad de su vientre y la leche. Ella le abría paso y se regocijaba con la proximidad de su hijo. Cuando terminaba de amamantarlo, estaba pendiente de cada uno de sus movimientos hasta que se desplomaba exhausto. Aún dormido, Artemisia de vez en cuando acercaba la cabeza a su cuerpecito para asegurarse de que estuviera sano y salvo.

6

MAYA RESPIRÓ HONDO, APENAS CONTENIENDO LA RABIA.

Abrió el cerrojo de las estrechas puertas de cristal que la llevaban de su cuarto al balcón que daba al jardín. Cuando salió al rellano miró hasta donde alcanzaba el jardín, sabiendo que los caballos estaban en los cubos de basura justo detrás del gran muro blanco. ¿Cómo iba a llegar hasta ellos bajo la constante vigilancia de Morgana y la abuela? Además, ¿no se había quejado siempre la abuela de los vagabundos que se acercaban a la entrada y hurgaban en la basura? ¿Qué pasaría si un desconocido se llevaba los caballos para dárselos a sus hijos antes de que Maya lograra recuperarlos?

Volvió a su cuarto y descolgó la blusa blanca almidonada que Morgana había preparado para la escuela al día siguiente y regresó al balcón. Hizo una gran bola con la blusa, la pisó y barrió el piso con ella.

Estaba de pie mientras oscurecía, con la blusa ahora sucia y arrugada, cuando se iluminaron las luces de la casa de al lado, habitación tras habitación. Maya estaba fascinada. Los vecinos acababan de mudarse y todavía no habían puesto las cortinas en las ventanas. La habitación del piso de arriba que estaba justo en frente del cuarto de Maya se iluminó. Entraron una mujer y su hija. La hija se sentó en el piso con una toalla cubriéndole los hombros, y la mujer se había sentado detrás de ella y le cepillaba el cabello mojado y enredado. La hija platicaba sin parar y la madre sonreía. Y aunque el cabello lucía ya liso y desenredado, la madre seguía cepillándolo y escuchándola.

Las voces apagadas sacaron a Maya de su ensoñación. Abajo, la abuela había empezado a inspeccionar la casa para decidir qué habitaciones tenían la mínima señal de desorden. Morgana la seguía, tomando notas en el cuaderno del ama de llaves. La habitación de Maya era la última en el itinerario. Regresó al cuarto y cerró con llave las puertas de cristal. Volvió a colgar la blusa y se metió en la cama fingiendo estar dormida.

Las voces de la abuela y Morgana se oían más cerca a medida que subían las escaleras. Se oía el abrir y cerrar de puertas. Se oían los pasos avanzando y deteniéndose. La voz de la abuela, ahora mucho más cerca, se escuchaba dando órdenes e instrucciones. La puerta de la habitación se abrió de par en par y la luz del pasillo inundó el cuarto. La abuela iba dando golpes a tientas con el bastón, buscando el ropero.

Maya oyó el clic del interruptor de la luz del ropero, y esperó a que hicieran su descubrimiento.

—¡Morgana! ¿Qué es esto? Te dije que lavaras y

plancharas la blusa de Maya para la escuela. No puede aparecer en público de esta manera. O lo arreglas esta misma noche o llamo a la agencia y...

—Pero... si yo... —susurró Morgana—. Por supuesto, señora Menetti—. Con paso decidido, Morgana se dirigió al ropero y luego salió de la habitación.

Maya, bajo las mantas, hizo una mueca de desilusión. ¡Morgana no había rechistado! Cuando la abuela cerró la puerta y sus pasos sonaron más lejanos, Maya se dio la vuelta y contempló las sombras entrelazadas que se formaban en el techo. Mañana iba a intentar otro truco. A lo mejor le podía decir a la abuela que había oído a Morgana hablar con los vecinos de al lado como si estuviera pidiendo trabajo. Eso le había funcionado una vez. Los pensamientos de Maya navegaron de nuevo hacia aquella mujer y su hija. "¿Qué le había estado contando la niña a su mamá?", se preguntaba.

Si tuviera la oportunidad, Maya sabría exactamente lo que le diría a su madre. Le contaría historias frívolas, que la señorita Webster había apagado las luces de la clase y los había dejado recostar la cabeza en el pupitre mientras les terminaba de leer *El rey del viento* de Marguerite Henry, y que todos en la clase habían aplaudido al final de la historia. O que Jeremiah Boswell había empujado a un alumno de primero, haciendo que tirara la bandeja de comida en medio de la cafetería. Jeremiah se rió tanto que se resbaló y se cayó al suelo y su cara aterrizó en el pavo con puré de papas. Le hablaría del camión de los helados, las bicicletas o cualquier otra tontería.

El domingo por la tarde, Maya intentaba mantener abierto un enorme álbum de fotos mientras trataba con todas sus fuerzas de no resbalarse del plástico que cubría el sofá.

La abuela estaba sentada en frente en un sillón, examinando el presupuesto que la compañía le había dado por pintar el patio y los muebles del jardín. Le echó un vistazo a las muestras de colores.

Maya sacudió la cabeza. ¿Por qué se molestaba? Siempre elegía el mismo color.

—¿Por dónde vas? —preguntó la abuela.

—El décimo álbum. Quinto grado. Verano.

Todos los domingos, la abuela se empeñaba en ver los álbumes de fotos que ilustraban año por año la vida de su padre.

—Ah, sí. Eso fue en…

Maya susurró "el lago Oso Grande" a la vez que la abuela. Se lo sabía todo de memoria. En tercer grado, su padre se había caído de la bicicleta y se había roto un brazo. Le regalaron una trompeta cuando cumplió once años. En la preparatoria formaba parte del equipo de ajedrez y del de tenis. Coleccionaba sellos, era alérgico a los gatos y le encantaba viajar en tren. De mayor quería ser artista, pero la abuela le había quitado la idea de la cabeza, convenciéndolo de que se hiciera contador. No le importaba que mantuviera el arte como un pasatiempo porque, hasta que fue a Wyoming y empezó a pintar caballos, no había sido más que algo con lo que entretenerse. Maya nunca había visto ninguno de sus cuadros, y nunca lo haría. La abuela había destruido todos los dolorosos recuerdos de "aquella época funesta".

Maya volvió a colocar el álbum en el mueble y sacó el siguiente. Se lo llevó al sofá, lo abrió y encontró una foto en la que la abuela había recortado la figura de su madre sin tocar la de Maya, que flotaba en el aire como si nadie la tuviera en brazos. Empezó a sentir una sensación de rabia que conocía muy bien. Maya recorrió con los dedos los bordes de la foto, ahora en forma de una pieza de rompecabezas en la que solo se veía una parte de la mano de su madre y un mechón del cabello. Sintió crecer el deseo de venganza, sabiendo que la única conexión que le quedaba con su madre también la habían recortado de su vida y ahora estaba en la basura.

—Maya, pareces algo sofocada —dijo la abuela—. Mañana debes quedarte en casa en lugar de ir a al escuela, hasta que te mejores.

—¡No, por favor, me siento muy bien! —rogó Maya sacudiendo la cabeza.

Más de una vez había tenido que faltar a clase, incluso durante semanas, por culpa de las repentinas y extrañas ocurrencias de la abuela de que se iba a poner enferma.

—No importa, estás mejor aquí.

Maya se cruzó de brazos y miró fijamente a la abuela, sabiendo que discutir no arreglaría nada. No podría ir a la escuela. No podría ir a la biblioteca. Sus caballitos estaban en la basura, junto con la única foto que tenía de su madre. *¿Un viaje a punto de comenzar?* Qué ridiculez. No iba a ir a ninguna parte.

Maya siguió mirando a la abuela, que fingía estar concentradísima en las muestras de colores de pinturas. De repente, Maya no solo deseó deshacerse de Morgana, sino que sintió unas ganas irreprimibles de castigar a la abuela también.

La abuela encontró el color que quería y lo escribió en el cuaderno.

—Ya está. Le diré a Morgana que llame mañana a primera hora y les diga que vengan el martes—. Se retiró y dejó el cuaderno y el bolígrafo encima de la mesa.

Maya miró el cuaderno. Se acercó y ladeó la cabeza para descifrar lo que la abuela había escrito.

Llamar a Pinturas Blanchard. Color número 34.

Los ojos de Maya recorrieron la habitación. Escuchó con atención por si oía pasos. Al no oír nada, buscó el color entre las muestras y encontró el número 34, por supuesto el mismo blanco, y siguió buscando hasta que encontró otro color. Agarró el bolígrafo y con muchísimo cuidado y gran precisión hizo un pequeño ajuste a las notas de la abuela. Ahora se leía:

Llamar a Pinturas Blanchard. Color número 84.

Maya, ahora satisfecha, se levantó y salió de la habitación, deteniéndose de vez en cuando. Deliberada y conscientemente, arrastró el borde del zapato por las inmaculadas baldosas, dejando unas tremendas manchas negras.

El martes, tras levantarse de la siesta, la abuela llamó a Maya a su habitación:

—Ven aquí, criatura, y mira por la ventana. Me parece que algo le pasa a mi visión. —Se quitó los lentes, los limpió, se los volvió a poner, y entornó los ojos mirando hacia el patio trasero—. Debe de ser un reflejo del sol. ¿Ves lo mismo que yo?

Maya miró también y se mordió los labios intentando contener una sonrisa.

—Veo a los pintores, abuela. Y los muebles que querías que pintaran. Pero… ¿No le dijiste a Morgana que los querías de color blanco?

La abuela pestañeó varias veces y se acercó aun más a la ventana. Miró con ojos de lechuza. Le empezaron a temblar los labios.

Agarró el bastón y bajó las escaleras despavorida,

cruzando la casa y saliendo al patio como alma que lleva el diablo.

Maya la siguió dando saltitos.

Los asustados pintores le enseñaron la hoja de su pedido.

Tres mesas, doce sillas, cuatro tumbonas y varios maceteros habían sido pintados de un rosa chillón que guardaba un asombroso parecido con la medicina para el dolor de estómago. Parecía como si una bandada de flamencos gigantes hubiera aterrizado en el jardín.

En cuestión de una hora la abuela había despedido a Morgana y había llamado a la agencia pidiendo una nueva ama de llaves. Llegaría al día siguiente. Después de una tarde tan traumática, la abuela se retiró a su habitación para descansar. Mientras se recuperaba con un paño húmedo en la frente, Maya salió corriendo al jardín.

Abrió la gran puerta de madera en medio de la pared

blanca, pasó a la entrada y levantó la tapa del cubo de la basura. Un olor horrible la sobrecogió: las naranjas putrefactas del naranjo que acababan de podar, basura ácida y hierbas fermentadas. Removió un manojo de periódicos hasta que vio la caja de zapatos. Aunque el cartón estaba algo mojado por las bolsitas de infusión de manzanilla, los caballos y la foto de su madre estaban secos y limpios.

Maya abrazó con fuerza la caja de zapatos.

—Siempre te mantendré a salvo —susurró—. Te lo prometo.

Los repetitivos susurros sacaron a Maya de sus sueños matinales.

—¡Maya, despierta!

Maya abrió los ojos poco a poco.

Valentina, la nueva empleada, estaba a su lado. Tenía

una expresión preocupada y la miraba con ojos llenos de desesperación.

—Tienes que ayudarme. Tu abuela… se está portando de forma muy rara esta mañana… No deja de confundir cosas sin importancia. Nada de lo que hago le parece bien, pero hago lo mismo de siempre. Esta mañana le llevé la bandeja con el té como siempre y empezó a llamarme Mónica, y dice que tengo que prepararle mi receta especial para los huevos, Huevos a la Mónica, y yo no tengo ni idea de qué es Huevos a la Mónica.

Maya se incorporó, perpleja. Aunque Valentina solo llevaba unos días con ellas, la abuela nunca había confundido a un ama de llaves con otra. Intentó recordar si había habido alguna Mónica, y se acordó.

—Trabajó aquí hace dos años y hacía huevos revueltos con crema… y queso blanco.

Valentina se frotó la cara con las manos. Parecía demasiado cansada para lo temprano que era.

Maya había visto la misma expresión otras veces y sintió pena. Parecía ser agradable, pero las agradables siempre eran las primeras en caer.

—Deja que te ayude. Las recetas están en una cajita.

Se vistió rápidamente, bajó a la cocina y le leyó las instrucciones a Valentina mientras esta cocinaba los huevos. Después, le enseñó cómo poner las dos tostadas de pan, cortadas en diagonal, en el plato.

Maya miró el reloj y entró en el comedor. La mesa estaba lista y el plato preparado con media toronja rosada.

La abuela apareció en la entrada y dio golpes de bastón.

—Buenos días, abuela —dijo Maya.

La mujer asintió. Parecía tambalearse con el bastón y tardó más de lo normal en llegar a la silla.

Valentina entró y colocó el plato delante de la abuela.

La abuela agarró el tenedor y se metió en la boca un trocito de los huevos revueltos. Bizqueó y tosió.

—¡Demasiada pimienta!

Valentina, confusa, empezó a tartamudear.

—No… tienen… pimienta.

La abuela dio un golpe en la mesa.

—No tolero que mis empleadas me mientan. Espero que no tenga que llamar a la agencia…

—¡No miente! —dijo Maya—. Yo la vi cocinar. No puso pimienta.

La cara de la abuela enrojeció. Era como si algo dentro de ella estuviera a punto de explotar. Hubo un silencio absoluto por un segundo, y luego todo pasó tan rápido que Maya no vio el plato de porcelana volando por los aires.

El plato golpeó la pared y estalló en el suelo en tres pedazos triangulares perfectos. Solo los trozos amarillos de huevo en las paredes habrían sido una buena excusa para llamar de nuevo a los pintores. Maya miraba confusa y se preguntaba cómo la abuela había podido romper el plato en pedazos tan geométricos.

Maya se volvió y vio que la cabeza de la abuela caía en la mesa con un ruido seco.

Valentina se llevó las manos a la boca.

Maya no podía dejar de mirar a la abuela, que se había desplomado sobre su desayuno. La cara descansaba en una almohada de toronja cuyo jugo se desparramaba por el mantel.

Valentina fue corriendo a la cocina y Maya oyó cómo le daba a alguien la dirección por teléfono y le decía con voz frenética que se diera prisa.

Y entonces, como si alguien la hubiera pellizcado, a Maya se le cruzó por la mente que quizá la abuela no se iba a despertar. Corrió hacia ella y zarandeó con ambas manos los hombros caídos.

—¿Abuela? ¿Abuela?

El cuerpo de la abuela se desplomó, con los brazos inmóviles hacia los lados.

Valentina regresó y trató de alejar a Maya.

—He pedido ayuda y están en camino.

—¿Qué le pasa? ¿Por qué no se mueve?

—No lo sé. Necesita un médico —dijo Valentina, estrujando las manos.

—¡Abuela! —gritó Maya—. ¡Despierta! ¡Despiértate ahora mismo!

En la distancia se oían las sirenas de una ambulancia.

7

ARTEMISIA VIO EN EL FONDO DEL BARRANCO LOS HUESOS
del esqueleto de un caballo. Dirigió la manada en dirección
contraria al barranco, intuyendo lo que pasaría si un caballo
cayera, se rompiera una pata y no pudiera volver a levantarse.
Era la yegua principal y, aunque tenía un nuevo potro al que
amamatar varias veces al día, era su responsabilidad mantener
a salvo a todo el grupo. Artemisia decidía dónde y cuándo
detenerse a pastar. Los demás la seguían. Si los perseguían, no
sentía pánico ni los llevaba a cañones montañosos sin salida,
donde estarían atrapados. Siempre los llevaba a lugares seguros
donde podían descansar por la noche y beber agua. En esta ocasión se detuvo y miró con cautela el pequeño lago,
consciente de que había otra manada bebiendo allí. El semental
de la manada era agresivo y le gustaba pelear. Artemisia iba a
esperar a que se marcharan para guiar a su grupo.

Cuando les tocó el turno, los llevó hacia delante. Klee se entretuvo y se quedó algo atrás. Georgia le dio un golpecito firme con la cabeza para que se mantuviera en el grupo.

Sargent se encontraba al final del grupo, desde donde podía verlos a todos. Cuando se detuvieron a la orilla del lago, se acercó a cada una de las yeguas, pasando lista. Luego, tras beber casi un galón de agua, Sargent alzó la cabeza para inspeccionar el área antes de dejar que el resto del grupo saciara su sed.

Klee empezó a retozar, corriendo alrededor de Artemisia en círculos cada vez más amplios, como si ella fuera un poste y él una pelota que estuviera atada a este. Vagó un poco por los alrededores, coceando y levantando las patas delanteras, imitando a su hermano y a su padre, pero enseguida volvió a la seguridad de su madre. Corrió hacia Mary y le mordisqueó el cuello un poco más fuerte de lo normal. Mary lo echó. El alegre potrillo dirigió entonces su atención a Wyeth, que lo empujó suavemente con una patada inofensiva. Klee se acercó a Sargent haciendo cabriolas y animándolo para que jugara con él. Artemisia se colocó entre padre e hijo para disuadir a Klee, pero el ansioso potrillo empezó a dar vueltas a su alrededor, corcoveando junto a las patas traseras del gran semental. Artemisia se dio cuenta de que Sargent estaba concentrado en mantener la guardia. Ella intervino de nuevo, poniéndose en medio de Klee y los demás. El potro intentó entrar en el círculo varias veces, pero Artemisia siempre se movía a tiempo para bloquear sus avances hacia el grupo.

Klee empezó a ponerse nervioso. Por fin bajó la cabeza y se acercó a Artemisia con los pequeños pasos de un penitente. Cuando se acercó para mordisquearla en el cuello, ella cedió y le permitió entrar de nuevo en la comunidad.

MAYA SE PREGUNTÓ POR TRIGÉSIMA SEGUNDA VEZ SI SU nueva familia la acogería bien. Estiró la falda plisada bajo el incómodo cinturón del asiento del avión, sacudió las pelusas de la blusa blanca y el suéter azul y miró por la ventanilla. El piloto había anunciado que volaban sobre Nevada y se dirigían hacia Utah, pero que no había ninguna ciudad en esa parte de la ruta, solo terrenos llanos, lagos secos y uno que otro cañón montañoso que aparecía en medio del caótico paisaje desconocido.

El avión había alcanzado altitud de crucero y parecía flotar. Maya se preguntó por qué el tiempo era algo tan peculiar. Se le hacía que las horas habían pasado más lentamente. Se dijo que a lo mejor era exactamente lo que había pasado. Los segundos y los minutos se habían alargado para darle espacio a los acontecimientos repentinos que le habían cambiado la vida. Desde el momento en que la abuela había saboreado la pimienta inexistente en sus huevos revueltos, Maya había sentido como si hubieran pasado meses en vez de las veinticuatro horas que en efecto habían transcurrido.

Cerró los ojos, pero no pudo borrar las imágenes inolvidables: el cuerpo de la abuela dentro de la ambulancia; la sala de urgencias del hospital llena de gente con batas blancas; el abogado de la abuela, el Sr. Benedetto, llegando a toda prisa al hospital, todavía calzando los zapatos de tenis porque lo habían llamado cuando jugaba un partido y, por último, la incongruente vuelta a la casa en Altadena Lane sin la abuela.

Cuando el Sr. Benedetto acompañó a Maya a la sala ya era media tarde. A Maya siempre le había gustado su calva brillante con la sombra de pelo cano y rizado en la nuca y el hecho de que se ponía los lentes tan al final de la nariz que parecía que se le caerían en cualquier momento. Se sentó en el sillón en frente de ella y se le acercó con interés genuino.

—Maya, siento mucho lo de tu abuela. Fue un ataque al corazón fulminante. Respetando sus deseos, no habrá funeral. Yo me haré cargo del resto de las gestiones. Debes saber que hay un fondo para tu educación superior, pero no tenemos que hablar de ello hasta dentro de mucho tiempo. Ha dejado la casa y los muebles al Grupo de Conservación Histórica de Pasadena. Los usarán para sus funciones. Bodas y cosas así. El resto de los objetos personales y aquellas cosas que no forman parte del mobiliario se guardarán para ti en un almacén, para que puedas usarlas algún día. Lo que ahora nos preocupa es cuidar de ti. Le he pedido al ama de llaves que se quede esta noche contigo hasta que termine de organizar las cosas. Parece que este año irás a Wyoming antes de lo previsto.

—¿Wyoming?

—Pues claro —dijo el Sr. Benedetto—. A casa de los Limner, como cada año. Pero claro, esta vez es para siempre.

—¿Y quiénes son ellos? —preguntó Maya.

—¿Que quiénes son? —dijo el Sr. Benedetto casi riéndose—. La familia de tu madre. Pasas con ellos todos los veranos.

Ella lo miró sorprendida.

El Sr. Benedetto frunció el ceño y se incorporó, revisando los papeles. Señaló un párrafo.

—Así lo decidieron tus padres. Aquí dice que tu custodia se dividiría en dos partes. Pasarías el curso escolar con tu abuela y los veranos con... — empezó a leer—Walter, Frederick y Violet Limner—. La miró y arqueó las cejas, como haciéndole una pregunta.

Ella se encogió ligeramente de hombros.

El Sr. Benedetto descubrió de repente la verdad, miró hacia el techo y se dejó caer en el sillón.

—Ay, Agnes —dijo, como si estuviera regañando a la abuela—. Por eso nunca quiso que viniera a la casa durante el verano. No quería que descubriera que no había cumplido lo establecido. —Respiró hondo y añadió—: Maya, ¿sabes algo de tu familia materna?

Maya buscó en su mente lo que la abuela le había dicho y asintió.

—Mi otra abuela murió cuando mi madre era pequeña. Tengo un abuelo, que vive con su hermano y su hermana… pero no son más que pueblerinos e incultos que viven como puercos lejos de la civilización.

Ah, y no saben apreciar la cultura y son increíblemente brutos y desagradables.

El Sr. Benedetto sonrió y sacudió la cabeza.

—Maya, me temo que tu abuela tenía una idea muy equivocada —siguió leyendo los papeles—. Aquí tengo la información de Walter Limner. Lo llamaré tan pronto vuelva a la oficina y luego llamaré a Valentina para darle la información de tu vuelo. Te veré mañana. Y, por favor, no te preocupes por nada—. Se levantó y se marchó, sacudiendo la cabeza.

Sola en su habitación, Maya no pudo evitar preocuparse. Sentía curiosidad por conocer a la familia de su madre y no dejaba de repetir los nombres que tenía grabados en la mente: Walter, Frederick y Violet. Parecían nombres agradables. Pero ¿qué pasaría si la abuela tenía razón? ¿O si encontraba algo mucho peor que lo que ella le había contado? Después de todo, se lo había ocultado todos estos años. ¿Y por qué ellos no habían intentado ponerse antes en contacto? ¿Es que no habían querido saber nada de ella? Quizá fueran malas personas e indiferentes hacia ella. Pero, si eso fuera verdad, ¿qué importaba ahora? No tenía otro sitio donde ir.

Valentina ayudó a Maya a prepararse para el viaje. Todo lo que poseía le cupo en una pequeña maleta. Luego bajó las escaleras, deteniéndose frente a cada una de las fotos de su padre para tocarle la cara. Deambuló de habitación en habitación, despidiéndose con el eco de sus pisadas. Cuando oyó a los niños jugando afuera, se dio cuenta de que nada le impedía salir corriendo a jugar con ellos. Pero no lo hizo. Volvió a entrar como perdida, mirando los muebles intactos debajo de las cubiertas de plástico, acariciando las austeras paredes y deslizándose tras las cortinas blancas que no se atrevían a arrugarse. Entró en el comedor y rozó cuidadosamente cada uno de los jarrones por primera vez en su vida. Mientras subía a su cuarto pensó en los exuberantes trajes de novia y los largos velos de cola que algún día barrerían las baldosas inmaculadas del piso. A la abuela le habría gustado eso.

Cuando el avión finalmente aterrizó y las ruedas frenaron, Maya se recostó en su asiento, abrazada a la caja de zapatos. Esperó a que todo el mundo saliera y se acercara el auxiliar de vuelo.

Al descender por el túnel de la terminal, el auxiliar de vuelo sonrió y le preguntó:

—¿De visita o de vuelta a casa?

Maya se encogió de hombros y dijo:

—No lo sé.

Al trote

MAYA ABRIÓ LA CAJA DE ZAPATOS Y SACÓ EL CABALLO
marrón y blanco, dándole vueltas en la mano una y
otra vez. Se incorporó en la silla de plástico del aeropuerto
de Salt Lake City, pero el estómago le daba vueltas.
Había tantas cosas que no sabía. La hora de la cena, por
ejemplo, y con qué frecuencia su abuelo examinaría el
ropero y cuáles serían las consecuencias de ensuciar los
zapatos. Apretó con más fuerza el caballo que tenía en la
mano. En la terminal la gente se iba dispersando. Miraba
a cada hombre que pasaba por su lado y se
preguntaba si sería él. De repente pensó que quizá no
iba a venir. ¿Qué haría entonces?

Entre el gentío y el paisaje que se veía a través de las
ventanas, Maya divisó a un hombre alto y fornido con el
cabello castaño salpicado de canas que caminaba hacia la

terminal. Llevaba un sombrero de vaquero, lentes de sol y una camisa azul informal. Tenía las botas llenas de barro. La hebilla del cinturón de cuero brillaba desde lejos. Maya sintió que algo le resultaba familiar. Se preguntó por qué. ¿Lo había visto antes? El hombre se acercó al mostrador a zancadas. Miraba a Maya pero hablaba con el empleado, mostrándole su identificación y firmando un papel. Entonces se acercó a ella.

Ella levantó la cabeza para abarcar su estatura.

Una voz que sonaba como si saliera de una cueva profunda dijo:

—Hola, Maya.

Maya tragó saliva. Si este gigante se lo propusiera, podría hacerle daño con solo mover la mano.

Se acercó y le acarició la cabeza suavemente.

Maya se echó hacia atrás.

Él se puso los lentes, sacó un pañuelo del bolsillo de

los pantalones y se secó los ojos hinchados y llorosos.

Los sollozos se hacían cada vez más fuertes. Maya no

había visto nunca a un hombre llorar. ¿Es que no le daba

vergüenza llorar delante de una extraña? Bajó la cabeza.

—Soy Moose Limner, tu abuelo. —Los ojos se le

volvieron a llenar de lágrimas y hablaba con dificultad—.

Perdona por la escena, pero… verte después de todos

estos años es, bueno, una auténtica conmoción. Te

pareces tanto a tu madre, sentada ahí, indefensa como

un pajarito. Así es como yo la solía llamar, ¿sabes? Pa-

jarito Ellie.

—Ellie —repitió Maya. No se acordaba de la última

vez que había oído el nombre de su madre. La mención

de un recuerdo tan enterrado llenó a Maya de turbación.

De repente, tenía de nuevo seis años y estaba en el

jardín de la abuela saltando y correteando entre los

muebles blancos de la entrada con un molinete en la

mano. El molino daba vueltas con la brisa y ella, sin pensarlo, repetía una y otra vez el nombre de su madre con la melodía de la canción "Estrellita, ¿dónde estás?". Al oírla cantar, la abuela le había lavado la boca con jabón y había tirado el molinete a la basura.

Moose se sonó la nariz ruidosamente y guardó el pañuelo en el bolsillo.

—Bueno, ya es hora de que deje de decir tonterías. Deja que te lleve a casa—. Y le ofreció la mano.

Maya se quedó de pie, sintiéndose como un arbusto frente a un roble gigante, pero no le dio la mano. Él dejó caer el brazo.

—La camioneta está en el estacionamiento —dijo. Recogió la maleta y empezó a andar.

Maya lo siguió. Se sentó en el asiento de pasajeros. En el asiento del medio había un cojín y una manta doblada. Maya se escurrió tanto como pudo hacia la puerta y agarró con fuerza la caja de zapatos con todos los caballos menos el pinto marrón y blanco, que todavía guardaba en la mano.

—En las noches de junio como esta puede refrescar bastante. La manta y el cojín son para ti. Y en la bolsa que hay en el suelo tienes un sándwich que te ha preparado tu tío Fig. Tenemos unas cuatro horas de camino hasta Wyoming, y queríamos asegurarnos de que no te faltara nada.

Maya asintió. Pronto se alejarían del tráfico de la ciudad y entrarían en la autopista, pasando pequeñas colinas verdes. Miraba de una ventana a otra, intentando absorber al máximo el mundo nuevo que tenía delante de ella. El terreno se volvió seco y dio paso a montañas de roca roja. Delante de ellos había acantilados impresionantes que se parecían a la parte delantera de una locomotora. El sol empezaba a ponerse y los colores del paisaje se intensificaron; era como si un pintor hubiera trazado las colinas con un pincel.

—Es hermoso, ¿verdad? —dijo Moose.

—Supongo —dijo Maya, pensando en la lujosa y colorida Altadena Lane.

—Veo que aún guardas los caballos de tu madre —dijo Moose al ver el caballo que ella sostenía en la mano.

—Sí, señor —dijo. Maya metió el caballo en la caja rápidamente.

— No te preocupes, que no te lo voy a quitar —dijo Moose—. Y, Maya, llevo mucho tiempo esperando volver a verte, y entre mis planes no está que me digas "señor". Puedes llamarme Moose si te resulta más cómodo. Todo el mundo me llama así. Por supuesto, me encantaría que me llamaras "abuelito" de nuevo, cuando estés lista. Supongo que no te acuerdas, pero

tu madre te trajo de visita cuando tenías cuatro años.
Fue entonces cuando encontró la caja de zapatos con
los caballos y te la dio. Había planeado volver a traerte,
pero... —a Moose se le quebró la voz y cambió de
tema—. ¿Ves aquellas montañas a lo lejos? Son las
Montañas del Río del Viento, parte de las Montañas
Rocosas. Los vecinos las llamamos Los Vientos.
Aunque no lo parezca, estamos a gran altura. Cuando
lleguemos al rancho, estaremos a unos siete mil pies
de altura.

Maya miró hacia el horizonte, a la gran fila de
picos montañosos en la distancia. No había nada en
medio excepto el desierto, la autopista y las marcas
profundas de las cercas que construían para la nieve.
El viento enfrió. El cielo oscureció. Maya se echó la
manta sobre el regazo y se cubrió las piernas y la

caja de zapatos, no solo para calentarse sino también para protegerse de lo desconocido.

—¿Te acuerdas del rancho? —preguntó Moose.

"Rancho". La palabra no produjo una imagen clara en su mente.

—Creo que no — dijo Maya.

—Bueno, quizá lo recuerdes cuando lo veas.

Las luces de un auto que iba en dirección contraria iluminaron la camioneta, inundándola de luz. Moose hizo señas con las luces y el otro conductor puso las luces cortas. El tráfico se hizo cada vez menos denso, y al poco tiempo eran un vehículo solitario que se dirigía a ninguna parte. Maya se sintió exhausta de repente y recostó la cabeza en el cojín. La camioneta estaba oscura y el motor rugía. Cerró los ojos y, antes de quedarse dormida, su mente sintió el cosquilleo de una ligera emoción.

10

MAYA OYÓ EL INCONFUNDIBLE SONIDO DEL GEMIDO DE un animal y se despertó. ¿Había sido un sueño? ¿Qué hora era? Si llegaba tarde al desayuno, la abuela se pondría furiosa. Además, para empeorar las cosas, se dio cuenta de que se había dormido con la ropa del día anterior. Se incorporó de un salto y recorrió la habitación desconocida con la mirada. Los acontecimientos del día anterior regresaron a su mente poco a poco, como las esporádicas gotas de una lluvia escasa. Respiró profundamente y examinó lo que la rodeaba.

El techo diagonal era de paneles de madera y las dos ventanas derramaban rayos de luz en el suelo de la habitación. Se sentó en la cama de hierro, al estilo antiguo. Habían puesto la caja con sus caballos en la cómoda de madera de pino, y su maleta mantenía abierta la puerta que daba al largo pasillo de madera.

Maya volvió a oír los gemidos, ahora más fuertes. ¡Había algo vivo en su cuarto!

Un perrito marrón de pelo corto subió a los pies de la cama y se acercó a ella moviendo la cola. Maya gritó y se cubrió con la colcha. Después oyó pasos corriendo hacia la habitación.

—¡Golly! ¡Bájate de ahí! —dijo un hombre. Maya oyó un golpe y las uñas de unas patitas en el suelo.

—Ya puedes salir —dijo el hombre.

Maya retiró la colcha y vio a un hombre delante de ella, tan alto como Moose, pero tan delgado que se preguntó cómo conseguía que no se le cayeran los pantalones. La nariz habría sido demasiado grande en comparación con la cara de no ser por la barba bien arreglada, que lograba equilibrio en las facciones. Los ojos violeta y el cabello rojizo reflejaban el parentesco. Tenía un trapo para secar los platos colgado del cinturón y una espátula en la mano, y olía a tocino frito.

—Soy tu tío abuelo Fig —dijo—. Soy el hermano mayor de Moose, lo que me convierte en el jefe, al menos en mi mente. Mi verdadero nombre es Frederick, y ya te podrás imaginar que por eso prefiero Fig. Y tú eres Maya.

El perro apareció de nuevo y apoyó las patas delanteras en un lado de la cama, jadeando.

—Esta es mi perra, Golly. Quiere que la acaricies.

Maya se echó hacia atrás.

—Los perros son malos y sucios y muerden a los niños.

—¿Qué? ¿De dónde sacaste semejante idea? —preguntó Fig—. Y, de todas formas, Golly no es así. Es un encanto de animal y ayer mismo la bañé. Acaríciala un poco en el lomo. Pero, te lo advierto, una vez que empieces, no dejará que pares.

—La abuela dijo… dijo que sueltan pelo y que son antihigiénicos… para los pulmones. Que… que yo podría ser alérgica a los perros.

—Espero que no —dijo Fig— porque Golly no va a ir a ninguna parte que yo sepa. Lo mejor es que mantengas la distancia.

El tío Fig caminó hacia la puerta.

La perrita miró a Maya, ladeó la cabeza y levantó las orejas.

—¿Y qué pasa si salta encima o algo así? Puede que me contagie la rabia o garrapatas o pulgas.

—Puede que te lama hasta la muerte —dijo Fig desde el pasillo—, pero ya está vacunada de todo, así que lo único que puede contagiarte es su amabilidad y bondad.

—¡Espera! ¿Dónde está mi… dónde está Moose? —dijo Maya.

—¡Está en la cocina! —dijo Fig bajando las escaleras—. Si quieres, te haré unos panqueques. El t-o-c-i-n-o ya está listo, pero más vale que nos demos prisa antes de que Golly descubra lo que acabo de deletrear.

La perrita salió corriendo de la habitación como si lo hubiera entendido.

Maya se levantó y echó un vistazo al pasillo para comprobar que se habían marchado. Tomó la caja de los caballos de la cómoda y se sentó en uno de los bancos.

Suspiró y miró por la ventana. El paisaje parecía salido de una postal: la casa estaba rodeada de un manto verde, la madreselva de color rojo escarlata trepaba por la valla que rodeaba la entrada de gravilla y una fila de montañas adornaba el horizonte. Vio un gran número de corrales y un pasto enorme con cercas de madera. Pero todo estaba vacío. ¿Dónde estaban los caballos?

Maya volvió a mirar su habitación. La posición de la cama, la luz de la ventana sobre el piso, el techo diagonal y el banco en el que estaba sentada le resultaban familiares. Sintió un escalofrío en todo el cuerpo.

Este era el lugar en el que había estado jugando con su madre.

Mientras recorría con los dedos la tapicería de algodón con estampado de cometas que cubría el banco, susurró:

—Corre libre y vive en las estrellas.

Abrió la caja de zapatos y, con gran cuidado, colocó el caballo pinto marrón y blanco en el estrecho alféizar, junto a la foto de su madre; ambos "mirando" por la ventana.

—Maya, los panqueques están listos —dijo el tío Fig

desde abajo—. ¡Y Golly no le quita los ojos de encima a tu t-o-c-i-n-o!

Maya miró la cama sin hacer. ¿Cuál sería el castigo por no hacerla antes de desayunar? El delicioso olor del tocino frito y los panqueques parecían gritarle al estómago, pero no podía arriesgarse. Estiró las mantas de la cama, que era mucho más grande que la que tenía en Pasadena.

El tío Fig la encontró intentando estirar la pesada colcha. Se quedó en la puerta con una mano en la cadera. En la otra mano tenía un par de botas.

Maya dio un respingo cuando lo vio.

—No quise asustarte —dijo Fig, poniendo las botas en el suelo—. Deja que te ayude. —Agarró la colcha y la estiró sobre la cama, colocando las almohadas—. ¿Sabes qué? Llevo casi toda mi vida aprendiendo el arte de ser desordenado. Si sigues con esta manía del orden, me vas a hacer quedar mal. ¿Comprendes?

Ella asintió.

—No te pongas tan seria. Estoy bromeando, no te has metido en ningún lío. Vamos, date prisa y cámbiate. Ponte pantalones si los tienes, y aquí tienes un par de botas de tu madre que nunca nos atrevimos a tirar. Parecen ser de tu número, pero si son demasiado grandes, ponte dos pares de medias. Tienes que comer algo porque puedo oír tus tripas. No eres alérgica a los panqueques, ¿verdad?

Maya negó con la cabeza.

Fig miró de nuevo a Maya, que todavía estaba de pie, inmóvil, y le guiñó un ojo.

—Eres bien delgada. Debes de haber salido a mí —dijo Fig al salir.

Maya se relajó y dejó escapar una pequeña sonrisa.

Se vistió y se puso las botas, que le quedaban a la medida, y acarició las gastadas perneras de cuero. Le gustaba la idea de que no fueran nuevas. Le gustaba que las botas encerraran las experiencias vividas por su madre. Deseaba empaparse de todas las historias que guardaban, de los pies a la cabeza. Se puso de pie. La hacían más alta, pero se sentía rara e insegura en su nueva postura. Mientras avanzaba por el pasillo, se apoyó en la barandilla de roble. La pintura blanca se había desvanecido casi por completo, dejando la madera al descubierto. ¿Quizá su madre la había desgastado tras años y años de bajar por estas mismas escaleras? Bajó despacito, rozando la madera suave.

Al bajar las escaleras, llegó al salón. En la pared principal, centrado sobre el sofá, había un cuadro de un gran semental negro con una mancha blanca y las patas blancas.

Se acercó y respiró hondo, sintiendo que ya adoraba el lugar. Se volvió para examinar el resto de la sala.

Las mesas estaban llenas de baratijas y adornos que amenazaban con venirse abajo al menor movimiento. Los muebles se veían usados pero parecían cómodos. El barniz del piso de madera se había vuelto amarillento. La chimenea hecha de piedras de río estaba cubierta de un halo de hollín. A ambos lados de la chimenea las paredes estaban llenas de fotos de su madre montando a caballo y mostrando los premios que había ganado: lazos, hebillas de cinturón extravagantes y trofeos. En una de las fotos se podía ver a una Golly más pequeña sentada a los pies de su madre. Maya agarró un por-tarretratos de la mesa. Su madre la tenía cargada a ella en brazos. Tendría unos cuatro años y en la foto tam-bién estaba un niño de más o menos su edad. ¿Quién sería?

Los ojos de Maya se movieron de una foto a otra cuando oyó la voz de Moose en la sala de al lado. Salió del salón en puntillas y se acercó a la cocina para oír lo que estaba diciendo.

—No puedo dejar de pensar en lo que nos dijo el abogado. Debería haber venido aquí todos los veranos. Esa vieja gallina nos. mintió. "Visitas denegadas". Esas fueron sus palabras cada vez que la llamé. ¡No debería haberlo creído!

—No hablemos mal de los muertos —dijo Fig—. No tenías ninguna razón para dudar de ella. Nos engañó, simple y llanamente. Al menos por fin sabemos que Greg y Ellie querían que Maya pasara tiempo con nosotros. Es una pena que tardara tanto.

—Me parte el corazón tener que despedirme de ella después de haberla recuperado —dijo Moose.

Maya abrió los ojos. ¿Despedirse de ella? Empujó la

puerta de la soleada cocina, con sus cortinas de un azul gastado y los muebles amarillos que pedían a gritos otra mano de pintura. El fregadero estaba lleno de espuma de jabón y platos sucios y la cocinilla tenía manchas de grasa. Moose estaba sentado en un extremo de la larga mesa de caballete, bebiendo café.

Maya se plantó en medio de la cocina y cruzó los brazos.

—¿Van a deshacerse de mí?

Fig y Moose se miraron.

—Espera, no ha sido exactamente decisión nuestra —empezó a decir Moose.

—Siéntate y deja que te expliquemos lo que pasa —dijo Fig, llevando a Maya a la silla—. Verás, Moose y yo te vamos a llevar al río Sweetwater para que te quedes con tu tía abuela Violet. Es nuestra hermana pequeña. Pero, te lo advierto, nadie se ha atrevido a llamarla Violet desde hace años, excepto a sus espaldas. La llamamos Vío, que rima con pío.

—Maya, vas a estar en pleno campo —dijo Moose—. Podrás dormir en un tipi, hacer fogatas y montar a caballo todos los días. De hecho, vas a ver más caballos en un verano que los que la mayoría de la gente ve en toda su vida. Y nosotros iremos pronto a vistarte.

—La verdad es que todos vivimos en la casa la mayor parte del año —dijo Fig—. Incluso tu tía Vío. Durante los meses de escuela, da clases en la universidad de Historia del Arte, es especialista en pintores americanos del suroeste. Moose y yo trabajamos en la ciudad. Él es herrero y pone herraduras a los caballos, y yo hago todo tipo de trabajos. Con lo listo que soy, puedo hacer de todo.

—Lo que significa que no sabe realmente de nada —dijo Moose.

El tío Fig señaló a Moose con la espátula.

—Te lo advierto. No te metas con el cocinero.

—En verano —dijo Moose—, la tía Vío organiza un campamento. Escribe artículos para revistas ecuestres y a veces trae grupos para que fotografíen o pinten cuadros del paisaje y los caballos salvajes.

—¿Como hizo mi padre?

—Exacto —dijo Fig—. Así es como conoció a Ellie. Tu padre se inscribió para un viaje de dos semanas, y la tía Vío se encargó de todo. Les dio los tipis, la comida y los caballos, y además fue su guía. El cuadro del salón es uno de los que pintó tu padre.

Una sonrisa de satisfacción apareció en el rostro de Maya. En esta casa había un pedazo de su padre también. Al menos un cuadro se había salvado de la ira de la abuela.

—En unas semanas —dijo Moose—, el trabajo disminuirá por el verano e iremos al campamento. Pero

antes, Fig y yo tenemos que cumplir con nuestras obligaciones en el rancho. No esperábamos que vinieras,
Maya, pero de veras nos alegramos de que estés aquí.

—Tu primo Payton ya está allí con la tía Vío —dijo
Fig—. La verdad, me da pena por ti. Payton es mi nieto
y tiene diez años. Verás, hace algunos años mi hijo se
casó con una buena mujer viuda que ya tenía tres hijos.
Y entonces tuvieron a Payton. No me malinterpretes, los
queremos a todos por igual, pero sus hermanos mayores le
han enseñado todas las travesuras que se pueden aprender
en la vida, y además, es duro de pelar. Todos los veranos
viene de su rancho en Colorado para pasar tiempo con
nuestra familia. Y para darles a sus padres un respiro.

Maya resopló. ¿Sería como los dos hermanos que
vivían en la casa de enfrente en Altadena Lane, que solo
parecían estar interesados en pelearse de broma, freír
las hojas del jardín con una lupa y escupir en el suelo?

Además, Maya no estaba preparada todavía para dejar esta casa. Quería empaparse de todos los pequeños detalles de la vida de su madre. ¿Qué podría decirles para convencerlos de que la dejaran quedarse?

—Bueno, no se preocupen. No tienen que llevarme allá todavía —dijo, tratando de mantener un tono serio—. Pueden trabajar durante el día mientras yo me quedo aquí. Ni siquiera me asomaré afuera. Estoy más que acostumbrada a eso, y además les puedo ser de gran ayuda. De hecho, hacía todas las tareas en casa de la abuela: limpiaba, lavaba la ropa, enceraba el piso y hasta cocinaba. Sé cómo limpiar a fondo los armarios e incluso puedo limpiar la chimenea del salón. Está tremendamente sucia y puedo alcanzar las esquinas con una escalera pequeña. Y luego podemos ir todos juntos a la frontera.

—¡Espera, espera! Siéntate y desayuna primero —dijo el tío Fig, poniendo el plato delante de Maya y dándole golpecitos cariñosos en la cabeza—. Soy el cocinero y el jefe de este lugar.

—No podemos dejarte sola todo el día —dijo Moose—. No sin que nos remuerda la conciencia. Y tu tía Vío quiere pasar el verano contigo.

Maya miró a Moose y luego a Fig, intentando pensar en una historia más convincente. Puso los codos en la mesa y las manos sobre el rostro, pellizcándose las mejillas a escondidas para intentar ponerlas rojas. A lo mejor así la dejaban quedarse en casa hasta que tuviera mejor aspecto.

—Creo que no es buena idea sacarme de aquí todavía —dijo—. Dada mi condición médica.

Moose y Fig se miraron con suspicacia.

—¿Qué condición? —preguntó Moose.

—Tengo… esta enfermedad que les da a algunas

personas cuando van a las montañas. Anoche me dijiste que estábamos a siete mil pies de altura.

—¿Mal de altura? —dijo Fig—. ¿Te duele la cabeza? ¿Estás mareada? Lo mejor es que bebas mucha agua.

—¡Eso! Mal de altura. Y cuando me levanté estaba un poco mareada. Soy de Pasadena, que está casi en el océano, al nivel del mar. Y ahora que lo dices, sí que empiezo a notar que me duele la cabeza. Puede que tenga fiebre. —Se llevó la mano a la frente para darle más realismo a la escena—. Me pasa cada vez que voy a la montaña. La abuela me llevó a esquiar en febrero, al Pico de Nieve de California, y también me enfermé. No pude salir de la zona hasta que toda la nieve se derritió por completo, lo que tardó unas… dos semanas.

Fig se tapó la cara con la tapadera de la olla y se dio la vuelta.

Moose se frotó la barbilla con los dedos, pensando en lo que Maya había dicho.

—Bueno, la verdad es que sí que es un problema. Pero la tía Vío se va a llevar un gran disgusto si no te llevamos esta tarde, y siempre tratamos de evitar darle disgustos. Además, a lo mejor no sabes que tu madre pasaba todos los veranos en el campamento con Vío. Estamos seguros de que esa es la razón por la que quería que tú también pasaras los veranos allí... para que tuvieras las mismas vivencias. Nos gustaría complacer los deseos de tus padres, sobre todo cuando tu abuela los ignoró durante tantos años. —Los ojos de Moose se llenaron de lágrimas y se los secó con una servilleta—. Espero que lo entiendas.

Maya nunca había visto a un hombre llorar con tanta facilidad, y esto la hacía sentirse incómoda y un poco celosa.

—Ni siquiera sé montar a caballo —dijo con resignación.

—La tía Vío te enseñará enseguida, ya verás —dijo Fig—. Igual que les enseñó a tu madre y a Payton. Los Limner nacieron para montar a caballo. No hay uno de nosotros que no sepa hacerlo. La tía Vío es un poco testaruda y siempre quiere salirse con la suya, pero es la mejor jinete del país. Ya hemos llevado los caballos al campamento. El tuyo se llama Séltzer.

—¿Séltzer?

—Un hermoso ruano azul —dijo Moose—. La tía Vío ha montado en él en varios viajes. Es manso y digno de confianza.

Maya miró los arándanos de sus panqueques. Empezó a pensar en un sinfín de cosas: una tía abuela testaruda a la que dos hombres maduros no se atrevían a llevar la contraria, un primo que había aprendido toda la maldad conocida por el hombre, un paisaje en el que se podía perder para siempre y los mismos animales que causaron la desgracia de sus padres. Y la palabra que se había adherido a su corazón: *viajes*. Mientras jugaba con el tocino del plato, su cuerpo se estremeció con una mezcla de miedo y emoción.

—Mejor será que comas —dijo Fig—. Luego, ve a tu cuarto y empaca tus cosas. Después del desayuno cargaremos la camioneta y nos pondremos en camino.

Después de desayunar, Maya dejó a Moose y a Fig en la cocina. Cuando salió, se detuvo a escuchar detrás de la puerta.

—Me imagino a esos tres juntos —dijo Fig—. Ay, ay, ay. Me temo que Vío y Payton han encontrado la horma de su zapato.

—O puede que Maya haya encontrado la suya —dijo Moose riéndose.

11

MAYA SE SENTÓ EN LA CAMIONETA EN MEDIO DE FIG Y Moose con su caja de zapatos en el regazo. Golly estaba sentada a los pies de Fig, sacando la cabeza por la ventana. El pelo de la perrita flotaba en el aire, y un golpe de viento golpeó la cara de Maya con la baba de Golly. Maya tosió y se limpió las mejillas, pero ni Moose ni Fig parecían preocupados por su posible alergia a los perros.

Llevaban casi dos horas viajando por el desierto. El tío Fig hablaba como un guía turístico, señalando una granja de llamas, un alce de verdad junto a un riachuelo, varias manadas de ciervos y un águila calva.

—¿Ves ese arbusto de flores amarillas a tu izquierda? Es chamisa, que es el nombre común de la *Chrysothamnus nauseous*. La parte *nauseous* es por su mal sabor. ¿Y sabes qué tenemos aquí mismo en Wyoming que solo existe en el oeste americano? *Antilocapra americana*, el berrendo o antílope americano. Por supuesto, gran parte de lo que ves aquí es una u otra variedad de matorrales, como *Artemisia tridentata*. —El tío Fig movió el brazo indicando el vasto océano gris que unía ambos horizontes—. ¿Te das cuenta de cómo tu abuelo se quedó callado? Es porque no se acuerda de ningún nombre en latín.

—No es verdad. Solo dejo que tu tío Fig presuma un poco. No podría decir ni una palabra aunque quisiera porque no para de hablar. En todas las familias está el tipo callado y fuerte y el tipo cotorra.

Maya miraba al uno y al otro. Estar sentada en medio de los dos era como estar en medio de un partido de ping-pong, de lo rápido que bromeaban entre ellos.

—Sé cómo se dice bisonte en latín —dijo Moose—. ¿Quieres oírlo, Maya?

Ella asintió.

—*Bison bison.*

Fig se dio una palmada en la pierna.

—Esa es la única palabra que recuerda.

Maya trató de no sonreír.

—Tenemos muchas cosas exóticas por estos lugares, Maya —dijo Fig—. Presta atención y verás muchas de ellas.

—¿Tienen caballos fantasma? —preguntó Maya.

—Pues sí que hacía tiempo que no oía hablar de ellos —dijo el tío Fig—. Por la noche, cuando la habitación se ilumina con la suave luz de la luna, solo se ven las manchas blancas de los pintos. Parecen estar flotando. La gente que los ha visto dice que les dan escalofríos. Que sean fantasmas de verdad o no depende del que crea en ellos.

Moose redujo la velocidad para girar y entrar en una pequeña carretera rural. La camioneta marchaba lentamente, eludiendo los baches y los surcos. Una liebre se les cruzó en el camino. El viento parecía soplar más fuerte y silbaba por las ventanas de la camioneta.

Cuando Maya empezaba a pensar que la carretera y los arbustos no acabarían nunca, vio un camión con remolque viejo y desvencijado en un descampado entre dos colinas.

—¿Ese es el campamento?

—No —dijo el tío Fig—. Además, nunca te meteríamos en esa cosa oxidada. No es más que un viejo campamento que usábamos hace años, pero estaba demasiado lejos del río. Ahora solo usamos el remolque como almacén.

Dieron una curva. Moose detuvo la camioneta en mitad de la carretera.

—Maya, mira allá —dijo, señalando por la ventana—. Es la manada de caballos de la tía Vío. Todos los días elige uno distinto. Los alterna para que no se cansen demasiado o se lastimen, sobre todo si recorre largas distancias.

Maya se estiró para ver mejor. A su izquierda había un corral portátil grande con cinco caballos. En una parte adjunta había un caballo solo. Delante de los corrales se extendían los enormes pastizales y un camino de tierra gastado.

Golly gimió. El tío Fig abrió la puerta para que pudiera salir.

—Bueno —dijo Moose—, vamos a saludar.

Maya salió deprisa del camión y corrió hacia el corral. Miró hipnotizada a los caballos, que se movían casi en cámara lenta. Sus cabezas majestuosas eran mucho más grandes de lo que ella había imaginado y sus cuerpos eran enormes y solemnes. Movían la cola para espantar a las moscas. Las crines revoloteaban y los músculos se les movían con rápidos tirones. Les temblaban los ollares al resoplar y resollar. Sus enormes ojos la miraban despreocupados. Uno de los caballos retozaba en el suelo con las patas hacia arriba, dando vueltas y creando una nube de polvo. Otro caballo hizo lo mismo, como si lo imitara.

Maya sonrió. Se estaban revolcando en la tierra para quitarse las moscas de encima. En sus visitas a la biblioteca había intentado memorizar varios datos sobre los caballos. Pero ninguna de las fotos que había visto en los libros se podía comparar con lo que estaba viendo ahora. Abrió los ojos muchísimo y no se atrevió a pestañear por miedo a que la imagen desapareciera.

Moose se le acercó y señaló a tres caballos marrones con la crin negra.

—Esos son Russell, Catlin y Homer. El tono rojizo de su pelaje se llama bayo.

—Lo sé —dijo Maya.

—Y Audubon es ese caballo de color tostado claro de allí. —Moose señaló un caballo que bebía agua—. ¿Sabes cómo se llama ese color?

—Es un overo —dijo ella señalando al caballo gris—. Y aquél es Séltzer, el ruano azul. Pero no es azul de verdad. Es blanco y negro, que mezclados parecen un tono gris azulado. ¿Sabías que el caballo tiene el globo ocular más grande de todos los mamíferos?

—Vaya, pues sí que sabes de caballos —dijo Moose.

—Solo los he visto en los libros. Son mucho más… impresionantes en persona. —Maya señaló al caballo que estaba separado de los demás—. Y aquél es un alazán, ¿verdad?

Un alazán puro porque todo el pelaje es anaranjado —dijo Moose—: el pelo, la crin y la cola. Ese es Wilson, el caballo de Payton. No estoy muy seguro de por qué está ahí tan solo. Tendremos que preguntárselo a la tía

Vío. Vamos. Ya tendrás tiempo de sobra de conocer a los caballos. Más vale que vayamos al campamento antes de que ella venga a buscarnos.

Aunque no quería marcharse, Maya por fin se dejó llevar. Una vez en la camioneta, se puso el cinturón de seguridad y miró por la ventana. Se imaginaba a su madre ahí fuera, paseando por el corral o sentada en la camioneta con Moose y Fig. Intentó imaginarse también a su padre, pero le resultaba demasiado difícil pensar en él sin llevar del brazo a la abuela y sin un traje de chaqueta. ¿Se había sentido como ella ahora? ¿Asombrado con tanto espacio abierto?

Cuando los caballos desaparecieron de su vista, Maya se volvió y miró al campamento que tenía delante. Había un valle entre una cresta rocosa y el serpenteante río Sweetwater, con una densa fila de sauces en la ribera. Maya vio los tipis, que parecían cinco pequeños sombreros de fiesta dispuestos en la lejanía sobre una mesa de grama. A medida que se acercaban, Maya pudo ver dos tiendas de campaña de cuatro secciones, una junto a la otra, con las solapas delanteras abiertas. Una tenía utensilios de cocina: una despensa llena de comida enlatada, estantes de madera con ollas, sartenes y pilas de platos. En una estructura hecha de ramas de árbol ondeaba una bandera de Estados Unidos. En la otra tienda había un escritorio improvisado hecho con una plancha de madera de contrachapado y un caballete. La zona de trabajo estaba llena de cuadernos y documentos. Los libros de texto se apilaban en el escritorio. En los rincones de la tienda había mapas y documentos enrollados.

En medio de las dos tiendas había una olla de hierro en un trípode de poleas que colgaba encima de una fogata. Alrededor del fuego había cuatro sillas de plástico blancas, como esperando alegremente la visita de alguien.

Fig señaló la tienda que hacía de oficina.

—Ahí es donde Vío trabaja en su investigación y escribe sus artículos. La mayoría de las cajas en el maletero van para la oficina. Le gusta tener sus libros y sus papeles donde quiera que va. Y, hablando de tu tía Vío, aquí llega la abeja reina.

Una mujer llegó corriendo desde la ribera y se les acercó, con un ramo de flores salvajes en los brazos.

—¡Creí haber oído la camioneta!

Moose apagó el motor y todos salieron alegremente del vehículo.

La tía Vío vestía tejanos azules, botas de tacón bajo, una camisa de manga larga de un blanco reluciente y un pañuelo rojo con un nudo bajo, como si fuera un collar.

La mujer ignoró a Moose y a Fig y se dirigió hacia Maya, mirándola mientras la agarraba por los brazos.

—Al fin llegó la criatura —dijo la tía Vío. Le dio un abrazo a Maya, moviéndose de un lado a otro.

Maya no podía recordar la última vez que alguien la había abrazado por tanto tiempo o apretado tan fuerte, y aunque dejó caer los brazos a los lados, sintió que se dejaba llevar por el abrazo de la tía Vío.

—Apuesto a que mis fastidiosos hermanos te han llenado la cabeza de toda clase de chismes sobre mí. Estoy feliz de tener aquí otra potranca para equilibrar su tontería —dijo soltando por fin a Maya y dándole el ramo de flores.

Era difícil creer que la tía Vío, Moose y Fig fueran hermanos porque ella era tan baja como ellos eran altos. El sombrero de paja tenía un ala gigantesca que le hacía sombra en los hombros, y lo sujetaba con una cuerda. El ala se alzaba a cada momento con el viento, amenazando con levantarla a ella del suelo. Al final, el viento ganó y tiró el sombrero hacia atrás, pero no cayó porque estaba asegurado con la cuerda. Vío tenía el mismo cabello pelirrojo del tío Fig, casi tan corto como él, y los ojos violeta de la familia, pero los de ella tenían además las finas líneas de la sonrisa en los extremos.

La tía Vío dio una palmada y dijo:

—¿Quién no se siente vivo con este viento? ¡Yo desde luego que sí! Maya, te pareces tanto a tu madre que da miedo. ¡Golly, deja de dar vueltas y siéntate! —La perra obedeció inmediatamente—. Fig y Moose, si no les importa, necesito que corten unos troncos. Yo los puedo partir más tarde. ¿Dónde está Payton? ¡Payton! Lo mandé al río y todavía no ha vuelto—. Fue corriendo a la camioneta, agarró una caja y empezó a llevar cosas a la tienda.

Maya se quedó en medio de la animada actividad con el ramo de flores en la mano. Dio una vuelta en círculo lentamente y miró hacia el cielo. Había más cielo encima de su cabeza que tierra bajo sus pies y el horizonte parecía estar a una distancia infinita. Sin una pared blanca que pusiera límites, ¿cómo iba a saber si había logrado escabullirse de los demás?

La tía Vío salió de la tienda de campaña y se dirigió a la camioneta para descargar otra caja.

—Maya, no dejes que te trague el cielo. Pon esas flores en una jarra de mermelada. La letrina está detrás de esos árboles. Esa es nuestra palabra cursi para el retrete de una tienda de campaña. Seguro que necesitas ir después de un viaje tan largo. Ese es tu tipi —añadió, señalando una solitaria tienda bajo la montaña de rocas—. Trae tu maleta y ponla en tu tipi. Después, siéntate en una de esas sillas y relájate hasta la hora de cenar. Esta noche eres nuestra invitada. Mañana será otra historia.

Maya se quedó mirando a la tía Vío, intrigada por su exuberancia, la forma en la que saltaba en vez de andar y la intensidad de sus ojos, que brillaban llenos de entusiasmo. Puso las flores en una jarra con agua y fue donde le había indicado la tía Vío. Vio un camino gastado que acababa en un claro cercado por matorrales.

La letrina no era más que otro tipi elevado sobre una caja de madera, con un retrete y un rollo de papel higiénico en una barra. Maya cerró los ocho lazos del tipi para asegurar su privacidad y luego se volvió para enfrentarse al improvisado baño. Se tapó la nariz y dudó un momento. Las botas se llenaron de fango, y pensó que más valía que fuera consecuencia del agua subterránea. Sintió un escalofrío, pero no parecía que hubiera alternativa.

Cuando desató el último de los lazos para salir, algo silbó y pasó volando delante de ella.

—¿Quién anda ahí? —dijo.

Maya oyó un chisporroteo y luego una serie de estruendos que parecían producidos por un arma de fuego. Se tapó las orejas y gritó. ¿Es que alguien le estaba disparando?

Se lanzó hacia delante, salió del claro y acabó de bruces en el suelo esponjoso.

12

Un niño se retorcía de la risa.

—¡Ja, qué divertido! —Se tambaleó sin dejar de reír y señalarla—. ¡Mírate! ¡Estás llena de fango! ¡Ja! Fue genial. Simplemente genial. —Se tiró al suelo y se revolcó—. Estoy llorando de la risa —dijo levantándose poco a poco, suspirando y secándose las lágrimas de sus ojos azules—. ¿Qué tal? Soy Payton.

Maya escupió hierba y se sacudió el trasero. Así que este era su primo. Solo había estado con Payton un minuto pero ya sabía que era un fastidio y que no le caía bien. Maya entrecerró los ojos y lo miró fijamente. Tenía la cara redonda y hoyuelos en las mejillas, era robusto y algo más bajo que Maya. Tenía trozos de hierba en el cabello rubio, que estaba despeinado por el ataque de risa. Vestía tejanos, botas y una sudadera que decía ¡VIVAN

LOS VAQUEROS! Maya se dio la vuelta y se marchó al campamento.

Él se fue corriendo detrás de ella.

—¡Oye! ¡He dicho que soy Payton! ¿Es que no vas a responderme? ¿Dónde están tus modales? ¿Es que no tienen modales allá de donde vienes? Porque aquí es de mala educación no saludar.

Maya siguió caminando.

Él corrió para alcanzarla y luego se dio la vuelta, corriendo hacia atrás delante de ella.

—Solo eran triquitraques. Y no hicieron tanto ruido. Ni siquiera los oyeron en el campamento. Ah, ya sé. Me vas a acusar con ellos, ¿verdad? Supe que eras una chismosa desde que te vi. Lo que me faltaba, una niña estúpida y chismosa. —Alzó la voz, burlándose de ella—. Tía Vío, tía Vío, el niño malo tiró un triquitraque. Qué fastidio.

Entonces se dio la vuelta, empezó a caminar y luego dio un giro para ir a su paso. Maya nunca había conocido a nadie tan nervioso e inquieto. Antes de llegar al campamento, dejó de perseguirla y se dirigió a los corrales.

"Estupendo —pensó ella—. Cuanto más lejos, mejor".

Fue a la camioneta, sacó la maleta y la caja con los caballos y se fue a su tipi. Una vez dentro, ató los lazos para cerrarlo.

La tienda olía a cerrado y no había nada más que un cojín de espuma en el suelo de lona, un saco de dormir, una almohada y una pila de ropa. Maya desdobló dos pañuelos, un chaleco acolchado, varios pares de pantalones cortos, unos tejanos y algunas playeras. La ropa no era nueva, pero al probársela por encima vio que eran más o menos de su talla. Agarró la chaqueta estilo cazadora y se la midió en los hombros. Era demasiado grande, pero cuando vio una etiqueta con el nombre de su madre, no le importó el tamaño. Y aunque no tenía frío, se la puso, dobló las mangas y se preguntó si la otra ropa habría sido de su madre también. Miró alrededor de la diminuta habitación, respiró hondo y pensó en la abuela. Las condiciones del lugar la habrían horrorizado. Pero esto era lo que la madre de Maya había querido para ella, y su padre había estado de acuerdo. Este lugar debía de tener algo maravilloso. Abrió y ató con el lazo la pequeña ventana cuadrada, sacó algunos de los caballos de juguete y miró la tela de malla por la que se veía el campo. Sacó una figura y la puso en el borde de la ventana.

—¿Qué tendrá de especial este sitio? —susurró.

Comieron alrededor de la fogata: maíz y pollo, fruta y papas. Moose y Fig lavaron los platos en un cubo grande lleno de agua del río que habían calentado mientras la tía Vío limpiaba la despensa. El sol se ponía en el horizonte y el cielo era una mezcla de color rosa, naranja y azul. Maya estaba en frente de Payton, que estaba sentado al otro lado del fuego jugando con una pluma en la mano.

—Colecciono plumas. Esta es de urraca. En casa tengo como cincuenta plumas distintas. Así que si ves alguna, avísame y te diré si ya la tengo o no.

Maya miró el fuego fijamente.

—Por cierto, ¿has montado a caballo alguna vez?

Maya lo miró. Fig, Moose y la tía Vío seguían ocupados.

—Pues claro —dijo Maya —. Millones de veces.

—Yo lo llevo haciendo desde que era pequeño —dijo Payton—. Tengo dos caballos en casa y he ganado un montón de premios en las carreras juveniles. ¿Has acampado alguna vez?

—En realidad —suspiró Maya con desdén—, fui todos los veranos a acampar en el lago Oso Grande. Durante el día era increíblemente divertido, con maravillosas actividades como nadar, hacer manualidades y escalar. Dormíamos en tiendas de campaña, hasta que llegó el oso y…

—¿Un oso? —preguntó Payton, acercándose con interés.

—Sí. Un oso llegó en plena noche y se comió toda nuestra comida y destruyó por completo la tienda del jefe de campamento. Desde luego fue un milagro que sobreviviera porque las garras del oso atravesaron la lona de la tienda. Después de aquello nos trasladaron a las cabañas.

—Caramba. Me imagino que por eso lo llaman lago Oso Grande, ¿no? Yo acampo aquí todos los veranos, pero normalmente no vemos osos. Hay pumas por las colinas, buscando ciervos o antílopes para cenar. Cuando encuentran uno, lo persiguen hasta que lo matan, y luego intentan esconderlo para seguir comiéndoselo después. Por cierto, ¿has sentido alguna vez un terremoto? Porque he oído que donde tú vives tienen uno cada dos meses.

—En realidad, los tenemos cada dos días o algo así —dijo ella con una sonrisa forzada—. Tenemos que sujetar todos y cada uno de los objetos de la casa porque todo se mueve. Y tenemos pasamanos por todas partes, así, si vas andando por la calle y hay un terremoto, puedes agarrarte. Una vez, estaba en el piso de arriba y, cuando terminó el terremoto, estaba en el piso de abajo. Es increíblemente emocionante y tremendamente peligroso.

—¿De verdad? Tienes que… ¿tienes que faltar a clase?

—Por supuesto. Porque los salones de clases están

hechos un desastre después de un terremoto, y tenemos que esperar a que los limpien. Todos los años en junio tenemos que recuperar los días que hemos perdido por culpa de los terremotos. Ya sabes, días de terremotos.

—Igual que recuperar los días de nieve. ¿Te pasó algo alguna vez?

Antes de que pudiera responder, la tía Vío, Fig y Moose se sentaron con sus tazas de café.

—¿De qué están hablando? —preguntó Vío.

—Maya estaba hablando de los terremotos —dijo Payton.

—¿Hubo alguno cuando vivías allí? —preguntó Moose.

—La verdad es que no —dijo Maya.

—Pero si acabas de decirme —dijo Payton.

—La abuela me dijo que una vez hubo uno

—interrumpió Maya—, pero yo estaba dormida y no causó daños.

La tía Vío miró a Maya y luego, a Payton.

—Bueno, Payton —dijo—, ¿por qué no traes la guitarra de mi tienda?

—Encantado —dijo Payton, lanzándole a Maya una mirada malévola y dándole un codazo a su silla al pasar por su lado.

—Date prisa, Payton —dijo Moose. Luego miró a la tía Vío—. ¿A quién quieres que le ponga la campana y la cuerda esta noche?

—A Wilson no —dijo la tía Vío—. Pero a Séltzer y Catlin les vendría bien un paseo.

—¿Qué es poner la campana y la cuerda? —preguntó Maya.

—Todas las noches saco un par de caballos para que den un paseo por el campamento —dijo la tía Vío—.

Les ato las patas delanteras con una cuerda, sin apretar demasiado, para que solo puedan dar pasos pequeños. Esto les permite andar sin que se alejen mucho. También les cuelgo una campanita para saber dónde están y porque, para serte sincera, me encanta cómo suenan. Es un sonido que me hace sentir segura por la noche.

—¿Qué pasa con Wilson? ¿Por qué está separado del resto? —preguntó Fig.

—Hace lo mismo todos los veranos cuando lo saco por primera vez. Lo tuve con los demás unos días, pero cuando intento sacar a otro caballo se pone en medio para ver si logra salir. Ayer se coló y consiguió alejarse una milla antes de que lo atrapara. Lo mantendré separado hasta que se acostumbre a su nuevo lugar y pueda confiar que no se escape. Si solo le pusiera la cuerda, seguro que se escaparía y quién sabe dónde iría a parar.

Payton va a tener que mantener la puerta cerrada o Wilson va a acabar en California uno de estos días.

Payton regresó con un estuche negro y un libro de canciones. Desde el momento en que la tía Vío abrió el estuche y sacó la guitarra, todo en ella cambió. Mientras la afinaba estaba pensativa y tenía una mirada soñadora. Tocó una y otra vez las cuerdas, afinándolas, probando la voz, y luego echó un vistazo a las canciones del libro hasta que se decidió por una.

—Esta canción es para Maya. Era la preferida de Ellie.

Su voz era suave y profunda y cantaba despacio, llenando las palabras de melancolía.

En el valle, en lo profundo del valle

Alza la cara, oye el viento soplar

Oye el viento soplar, mi vida, el viento soplar

Alza la cara, oye el viento soplar.

Las rosas adoran el sol, las violetas, el rocío

Los ángeles del cielo saben que te quiero

Saben que te quiero, mi vida, saben que te quiero

Los ángeles del cielo saben que te quiero.

Maya oyó a Moose sollozar. Lo miró de reojo y vio que había sacado su pañuelo. Sabía cómo se sentía. Durante la canción de la tía Vío, se había estado mordiendo el labio para evitar pensar en su madre.

La tía Vío pasó las páginas del libro y empezó a cantar otra canción. Hablaba de amores perdidos y gente que se moría y senderos solitarios. La melodía iba acorde con el tono triste y el chisporroteo del fuego, con la calma que los rodeaba y el enorme ciclo que oscurecía.

Cuando acabó, hasta Payton parecía más tranquilo.

—¿Me prometes que cantarás todas las noches, tía Vío?

—Haré lo que pueda, Payton —dijo ella, y miró a Maya—. Todas las noches jugueteo con las cuerdas. Pero cuando estoy triste solo rasgueo un poco, sin poder cantar. Durante algunos años, tras la muerte de tu madre… no podía cantar.

La tía Vío empezó a guardar la guitarra para mantenerse ocupada. Fig se levantó y se desperezó. Golly hizo lo mismo.

—Supongo que es hora de ir a la cama —dijo Fig—. Moose y yo tenemos que irnos temprano, Maya, así que te veré en unas semanas. Que disfrutes de Séltzer, tu *Equus caballus*. Payton, me está dando un poco de miedo. Creo que será mejor que duermas en mi tienda esta noche.

Payton sonrió y asintió.

—Buenas noches a todos. Vámonos, Golly—. El tío Fig y su perrita se fueron caminando hacia el río.

Moose removió las brasas.

—Vío, yo me ocupo de los caballos —dijo Moose, removiendo las brasas. Al pasar por el lado de Maya, de camino hacia el corral, le acarició la cabeza—: Nunca imaginé que llegaría este día... Tú en el río Sweetwater con nosotros. Y de verdad que odio tener que dejarte tan pronto. Pero estaremos de vuelta antes de lo que te imaginas. Buenas noches, pajarito Maya. No te importa que te llame así, ¿verdad?

Maya negó con la cabeza porque no le importaba en absoluto.

—Bueno, me voy a dormir —añadió Moose, y desapareció en la oscuridad.

La tía Vío señaló los tipis de Moose, Fig y Payton, cerca del río, el de ella, en un claro detrás de la fogata, y el de Maya, que estaba más lejos.

—Si necesitas algo, simplemente grita y yo iré corriendo. Por la mañana, si no estoy en el campamento, prepárate el desayuno. La avena estará calentándose en la olla. Luego ven a verme a los corrales. Y Maya, Moose tiene razón. Te hemos extrañado y estamos muy contentos de que estés aquí.

Payton saltó de la silla y, por la prisa, la tiró al suelo junto con la que estaba al lado. Lo puso todo bien rápidamente y salió corriendo.

—Buenas noches, tía Vío —dijo.

—Buenas noches, Payton —respondió ella. Luego, en voz baja, se dirigió a Maya—: A ese chico solo lo cansan un campo grande y un caballo salvaje. Maya, supongo que te habrás dado cuenta de que Payton es un poco agotador. No sé muy bien quién se alegra más de que venga al campamento en verano, si Payton o su familia. —Le entregó una linterna—. Que duermas bien.

—Gracias —dijo Maya, y la vio alejarse. Caminó hacia su tienda y deseó que no estuviera tan lejos de las demás. Dio unos pasos inseguros, siguiendo la luz. Estaba completamente rodeada de oscuridad. Trató de convencerse a sí misma de que había cierta paz en ello, pero las historias de la abuela sobre niños que desaparecían en la noche la acechaban. Vio una sombra. La rama de un sauce se rompió. Sintió una gran presencia junto a ella.

De entre los matorrales salió un gruñido.

Maya se quedó paralizada y soltó un grito ahogado mientras apuntaba con la linterna, pero no vio nada. Primero, sintió que algo se movía delante de ella, luego, detrás. Por fin iluminó con la linterna la cara de Payton, que sonreía.

—¿Te asusté?

Maya rechinó los dientes y se fue a su tipi.

Él empezó a imitar voces:

—Todos estamos tan contentos de que estés aquí…

Maya esto, Maya lo otro… Para que lo sepas, yo no estoy nada contento de que estés aquí.

Maya entró en su tipi, cerró la puerta, se quitó las botas, se metió en el saco de dormir, totalmente vestida, y apagó la linterna.

¡Una criatura le rodaba por las piernas! Dio un respingo e intentó quitársela, pero parecía moverse por todas partes a la vez. Dio un salto y salió tropezando del estrecho saco de dormir. Mientras intentaba ponerse de pie, sintió que unos pies diminutos y fríos recorrían su mano.

—¡Tía Vío! —gritó.

Cuando la tía Vío terminó de desatar los lazos y entró en la tienda, encontró a Maya sentada totalmente quieta, iluminando con la linterna un pequeño ratón en la esquina del tipi.

—Maya… es solamente un ratón. Un pequeño ratón de campo que no puede hacerte daño. —La tía Vío echó al ratón de la tienda——. Parece que Payton vuelve a hacer de las suyas. No te preocupes, no volverá a entrar.

—¿Estás... estás segura?

—Tu tipi tiene un cierre de cremallera bajo estos lazos. Si lo cierras bien, no puede entrar nada.

Entonces, escucharon unos pasitos por fuera del tipi.

La tía Vío dio un manotazo en la lona.

Maya oyó cómo el ratón caía de golpe en el suelo y soltaba un chillido.

—Hablaré con Payton, ¿te parece? —dijo la tía Vío.

Maya asintió y la tía Vío salió del tipi. Maya cerró la cremallera e inspeccionó cada rincón de la tienda y el interior del saco de dormir. Luego, se metió en el capullo acolchado y se preguntó si sería posible atar a Payton con una cuerda y colgarle una campana del cuello.

13

Maya subió una colina de tierra y llegó al campo donde pastaba la manada. Se detuvo. La hierba brillaba con el rocío de la mañana y el aire tenía el aroma dulce del heno húmedo. Mientras se acercaba a la valla, algunos caballos levantaron la cabeza y relincharon.

Se ajustó el pañuelo al cuello, metió las manos en los bolsillos del chaleco y susurró:

—Voy a montar a caballo. Un caballo de verdad—. Notó una punzada de emoción mezclada con ansiedad en la mente y el estómago. ¿Sería lo mismo montar a caballo que leer sobre montar a caballo?

Maya sintió curiosidad por un cubo azul de plástico que estaba a unos pasos del corral, y levantó la tapa. De inmediato, dos caballos se acercaron a la cerca tanto como les fue posible. Dentro del cubo había una especie de cereal con un aroma delicioso que le recordó las galletas de avena y miel. Agarró un puñado y sacó la mano por las barras de la valla.

—¿Les gusta esto, chicos?

—¡Maya!

Maya se dio la vuelta.

La tía Vío fue corriendo hacia ella.

—Cuando le acercas la mano a un caballo, sobre todo si es con comida, mantenla plana y estirada. Una mano plana parece más grande. Créeme, un caballo puede comerse esos deditos y te dolería bastante.

Maya tragó saliva. Se volvió hacia el caballo y extendió la mano plana y estirada. El caballo comió de la palma de la mano, sus labios gigantescos tan suaves como los de un bebé.

—Muy bien. Empecemos. Sígueme —dijo la tía Vío.

—¿Dónde está Payton? —preguntó Maya mientras entraban en el corral.

—Después de la broma que te gastó anoche le dije que se quedara en el campamento durante tu primera lección. No necesitas más que un crítico mientras aprendes. Lo primero que debes aprender es que nunca debes sorprender a un caballo por detrás ni por delante porque no te pueden ver. Casi todo el mundo se acerca a un caballo por el lado izquierdo. Siempre debes anunciar que te acercas a ellos.

Maya siguió a la tía Vío al corral con pasos cuidadosos, intentando evitar los montoncitos de excrementos.

—Hola, Séltzer —dijo la tía Vío—. Estoy aquí mismo, pequeño. —Pasó la soga por el hocico del caballo y la amarró—. Cuando quieres guiar a un caballo tienes que atar la cuerda a unas pulgadas del morral, colocarte a su lado y caminar como si fueras la reina de Saba. Está mal guiar a un caballo desde el frente porque si se asusta, puede echar a correr justo por encima de ti. Toma, agarra la soga y llévalo al banco de tachuelas.

Maya sabía que quería intentarlo, así que, ¿por qué dudaba? "Agarra la soga", se dijo a sí misma. Vaciló. Quizá sería mejor decirle a la tía Vío que esperaran un día o dos. Maya vio cómo la tía Vío pasaba la soga por el hocico del caballo. Le sorprendió lo largas que eran sus pestañas y la intensidad de sus ojos, que parecían atravesarla con la mirada y leerle el pensamiento. Estar en presencia de un caballo era una experiencia hipnótica, como si la hubiera encantado un brujo. ¿Era su mano la que agarraba la soga? ¿Era ella la que sacaba a Séltzer del corral y lo llevaba hacia el banco? ¿O era todo un sueño?

—Hay un círculo imaginario en el suelo, cerca del pecho del caballo—dijo la tía Vío—. Esa es la zona segura para que ni te alcance ni te suelte una coz. Desde esa zona, a cualquiera de los lados, puedes hacer lo que quieras. Ahora vamos a cepillarle el lomo —añadió, dándole un cepillo a Maya.

Maya copió los movimientos circulares que la tía Vío hacía con el cepillo y luego los movimientos verticales que hacía con otro más grande. Observó a la tía Vío limpiar los cascos y quitar la suciedad que se había apilado en las herraduras. Luego se turnaron para cepillar la crin y la cola.

—¿Ves cómo pongo las mantas sobre la cruz y el lomo y ajusto la silla de montar, posándola suavemente? —dijo la tía Vío—. Ahora voy a ponerle la faja y luego doy la vuelta… y le ajusto el armazón con tirones cortos. Ahora, la cabezada. Durante las primeras lecciones se la voy a atar a la guía, para poder llevarte.

La tía Vío pasó la cabezada por la cabeza del caballo,

acariciándole las comisuras de la boca hasta que la abrió y pudo engancharla. Luego pasó la brida por las orejas.

—Maya, no es necesario que te acuerdes de todo hoy porque me vas a oír decir lo mismo un millón de veces hasta que se convierta en una costumbre y lo hagas automáticamente. ¿Comprendes?

Maya asintió. Se acercó y acarició el pelo suave del cuello de Séltzer de arriba abajo, hacia el pecho. Al estar tan cerca de él sentía una energía intensa a la vez que una calma poco común, como si ella y el caballo estuvieran unidos y se comunicaran en una lengua antigua. No era de extrañar que su madre adorara los caballos.

La tía Vío la ayudó a montarse en la silla y a ajustar el estribo. Con la ayuda de la tía Vío, que guiaba el caballo con la soga, Maya lo hizo caminar en un gran círculo alrededor de su tía, primero en un sentido y luego en el otro. Con cada paso que daban, Maya sentía el movimiento del lomo de Séltzer.

—Ahora vamos intentar un trote suave. Haz un poco de presión a los lados con las piernas y chasquea la lengua.

—No irá demasiado rápido, ¿verdad? —preguntó Maya—. Porque normalmente, bueno, casi siempre, me dan unas migrañas terribles si voy demasiado rápido.

—Maya, te llevo de la soga. No voy a dejar que el caballo vaya rápido ni que se aleje.

Maya chasqueó la lengua y Séltzer empezó a ir más rápido. Maya sentía el ritmo de su trote. La tía Vío tenía razón. No iba demasiado rápido en absoluto. De repente, sintió una ola de confianza, como si alguien le hubiera dado una cucharada de aplomo y seguridad. Durante más de una hora escuchó atentamente las instrucciones de la tía Vío: presta atención a dónde quieres ir.

Enderézate. Mantén bajos los talones. Di arre con sentimiento.

Tan pronto como le quitaron la montura a Séltzer y lo llevaron al corral, Maya quería volver a sentir lo que había sentido.

—¿Cuándo puedo volver a montar? —preguntó.

—Mañana por la mañana y todos los días —dijo la tía Vío—. Ahora tienes que volver al campamento. Cuando veas a Payton dile que venga. Tengo que trabajar con él. Es un chico muy diferente cuando monta a caballo. Para él es como un tranquilizante y quiero que sienta esa paz interior tanto como sea posible. No te olvides de tus tareas, Maya. Tienes que traer como una docena de troncos de la pila que hay junto al fuego y luego repartirlos entre la cocina, tu tipi y el mío.

Maya asintió y corrió hacia el campamento, pensando que ella también era una chica muy diferente cuando montaba a caballo. Solo que, para ella, no era una sensación de calma. Era una de alegría desbordante. Llamó a Payton pero nadie contestó. Llevó los troncos de madera adonde le había dicho la tía Vío y volvió a buscarlo en el campamento. ¿Dónde estaba? Maya llevó la escoba a su tipi. Al entrar vio que la tapa de su caja de zapatos estaba levantada. La foto de su madre estaba en el suelo. Y las figuras habían desaparecido. Maya corrió a la tienda de Payton.

Lo encontró sentado en una roca detrás de su tipi, muy cerca del río, con las figuras de los caballos en una pila a su lado.

Le dio la vuelta a la figura de un palomino en la mano.

—¿Terminaste tu paseíto en el poni? Seguro que ni siquiera te quitaron la soga.

—Eso no es tuyo. Dame… dámelos enseguida —dijo

con voz temblorosa llena de rabia—. ¿Dónde está el pinto blanco y marrón?

Payton buscó entre la pila y lo sacó.

—¿Este?

—¡Dámelo! —dijo Maya acercándose.

Payton se levantó, sacudió el brazo y lanzó el caballo marrón y blanco hacia los densos arbustos.

—¡No! —Maya corrió al lugar donde pensó que había caído. Se adentró en los matorrales y buscó en el suelo, cerca de la ribera. Barrió con los pies las hojas secas, pensó haberlo visto pero solo era un puñado de ramitas. Sin embargo, continuó su búsqueda desesperada—. No puedo perderlo… es todo lo que tengo—. Las ramas de los sauces le golpeaban la cara. Salió de los matorrales, se levantó y miró los interminables setos. Nunca lo encontraría. Las lágrimas brotaron y cayeron por sus mejillas llenas de polvo, haciendo pequeños surcos.

—¿Y qué tiene de importante? —dijo Payton.

Ella se limpió las lágrimas y se volvió hacia él abriendo y cerrando los puños con rabia.

—Era… era mío…

—Si te pone tan triste —dijo Payton burlonamente—, y tan poco te gusta este lugar, díselo a la tía Vío. Porque la he oído hablando con Moose esta mañana y dijo que cuando regrese, si esto es demasiado para ti, te llevará de vuelta al rancho. Es genial, ¿verdad? Puedes marcharte. Lo único que tienes que hacer es decirle a la tía Vío que odias estar aquí. Así, a lo mejor las cosas pueden volver a ser como antes, cuando éramos solo yo, mi abuelito Fig, mi tío Moose y mi tía Vío—. Se dio la vuelta y se marchó.

Maya salió corriendo hacia la roca en la que él había

estado sentado y recogió el resto de los caballos y los puso en su pañuelo. Luego se fue caminando hacia el campamento, arrastrando el fardo. Volvió a sentir que le brotaban las lágrimas.

—No odio estar aquí —murmuró—. Solo te odio… a ti.

—Estás muy callada esta noche, Maya —dijo la tía Vío—. No saliste de tu tienda en toda la tarde y apenas has probado tu cena.

Payton inclinó su silla hacia delante, fingiendo preocupación en su tono:

—Es verdad, Maya, ¿te encuentras bien?

Maya se abrigó con su chaqueta. A Payton le encantaría que se lo contara todo a la tía Vío, pero no iba a darle ese gusto.

—Supongo que estoy cansada, eso es todo.

—Tienes derecho a estar cansada —dijo la tía Vío—. Has pasado por más cambios la semana pasada que la mayoría de la gente pasa en años. Y además hoy montaste a caballo por primera vez. Hoy nos vamos a dormir temprano. Payton, ¿comprobaste si los caballos estaban bien?

—Sí. Les puse la soga y la campana a Catlin y Audubon.

—¿Cerraste la puerta de Wilson?

—Sí, señora.

Maya miró hacia los corrales.

—Maya, apaga las brasas. Payton, ayúdame a limpiar la cocina. Luego, todos a dormir.

Cuando la tía Vío y Payton se fueron, Maya se quedó un buen rato moviendo las brasas, que se volvieron de un rojo brillante. La abrumó una ola de resentimiento por todo lo que Payton tenía: sus padres, sus hermanos, toda una vida montando a caballo. Incluso había tenido a la tía Vío, a Fig y a Moose todos los veranos.

Maya rechinó los dientes, apretó los labios y sacudió la cabeza.

Cuando las brasas se apagaron, dejó la vara en el suelo y fue a la letrina, iluminando el camino con la linterna. Cuando llegó, se le ocurrió una idea. Se puso detrás de la tienda de la letrina y apagó la linterna.

Quizá si la tía Vío veía lo descuidado que era Payton, lo enviaría a él al rancho por el resto del verano. Maya sonrió ante la fabulosa posibilidad.

Medio galope

14

Maya durmió sin interrupciones. Después del ajetreo, el viaje y el cansancio de los últimos días, nada podría haberla despertado. Ni los aullidos de los coyotes, ni las campanas de los caballos ni la lona del tipi sacudiéndose por el viento. No se despertó hasta que oyó el sonido de un motor.

Mientras se vestía, Maya notó que le dolían los músculos, algo que no había sentido antes, pero decidió no decirle nada a la tía Vío. No quería que nada interrumpiera sus lecciones.

Maya caminó despacio y con dificultad al campamento para desayunar y vio a la tía Vío absorta, mirando su taza de café. En la colina había un camión desconocido con un remolque de caballos saliendo del corral.

—¿Quién es? —preguntó.

—El veterinario —dijo la tía Vío—. Wilson se escapó anoche. Estuvo dando vueltas y debe de haberse hecho daño en una pata. De alguna manera consiguió volver cojeando, pero se desplomó cuando llegó. Esta mañana fui a un rancho vecino y llamé al veterinario. Se lo va a llevar a su rancho hasta que se le cure la pata. —La tía Vío miró a Maya, desconcertada—. Payton adora a ese caballo y lo cuida mejor que yo.

Maya se mordió el labio.

Unos minutos más tarde Payton llegó al campamento, con la cabeza baja y la cara roja e hinchada. Se dejó caer en una de las sillas.

—Tía Vío, lo siento muchísimo. Juro que anoche cerré la puerta. Lo juro.

—No tienes que jurar nada. Tenías prisa y no prestaste atención.

—¡No! Lo comprobé dos veces. Te lo juro —dijo rogando con la mirada.

Maya estaba sentada en el borde de una silla y miraba al suelo, removiendo la tierra con el pie. Miró hacia arriba y vio que la tía Vío le lanzaba una mirada inquisitiva. Maya evitó su mirada y se levantó, poniendo las manos cerca del fuego para calentarlas.

La tía Vío le habló a Payton, pero miraba a Maya.

—Me has sorprendido, Payton. Que seas tan descuidado… Cuando vi al pobre Wilson sufriendo, se me partió el corazón, con esos ojos enormes pidiéndome que hiciera desaparecer su dolor, gimiendo y lleno de confusión. ¿Sabes? El miedo más grande de un caballo es distinto al de los humanos. Nuestro miedo innato es caernos. Pero el miedo de un caballo es no poder levantarse y salir corriendo ante el peligro o la amenaza de un depredador. Imagínate lo que el pobre animal sintió…

Payton escondió la cara en las manos y empezó a llorar.

La cara de Maya se retorció por el remordimiento.

—Tía Vío… Puede que… yo…

—Espera un segundo… —dijo Payton, levantando la cabeza—. ¡Tú! ¡Tú querías vengarte por culpa de esos estúpidos caballos de plástico!

—¡No son unos estúpidos caballos de plástico! —repuso Maya con ira en la voz—. ¡Mi madre me los dio!

—Maya —dijo la tía Vío seriamente—, ningún Limner puso nunca en peligro la vida de un caballo.

Maya sintió que el estómago le daba una vuelta. Más que hablar, farfulló.

—No… no fue mi intención. Lo único que quería era darles la buenas noches a los caballos y… entonces… Wilson se me acercó por su cuenta. Él… parecía desfallecido de hambre así que le di un poco de avena con miel como tú me habías enseñado, tía Vío. Y, supongo que… cuando me agaché hacia la puerta, el cerrojo se enganchó en la chaqueta… o algo así.

—¡Eres una mentirosa! —dijo Payton levantándose y agitando el puño.

—¡Ya está bien! —dijo la tía Vío—. Maya, ¿qué te hizo Payton para que hicieras algo semejante?

Maya no podía pensar con claridad. La tía Vío no lo entendería. Nadie podía entenderlo.

—Nada —dijo—. No hizo absolutamente nada.

—¿Es eso verdad, Payton? ¿No hiciste nada para enojar a Maya?

Payton se movió en la silla y bajó la cabeza.

La tía Vío observó a los dos y sacudió la cabeza, decepcionada.

—¿Así que ambos se han estado tratando sin respeto alguno?

—Tía Vío —dijo Maya con convicción—, puedes

castigarme encerrándome en mi tipi si quieres. Me siento cómoda estando sola. No estoy acostumbrada a estar con chicos de ninguna clase. No sé nada de gastar bromas o portarse mal ni ninguna de las cosas desagradables y malas que suelen hacer los chicos, así que no me importa si tienes que separarnos y mandar a Payton a su casa. Pido disculpas por mi comportamiento, pero no fue más que… un accidente. Espero que me perdones.

La tía Vío echó el resto del café al fuego y empezó a caminar de un lado a otro. Por fin se detuvo y miró a Maya.

—Me gustaría creerte, pero no es así. Y de momento, no perdono a ninguno de los dos y no van a ir a ninguna parte. Desde ahora tendrán que hacerlo todo juntos. Tendrán que comer frente a frente. Tendrán que hacer las tareas que se me ocurra encargarles juntos. Payton, tú serás el ayudante de Maya en sus lecciones y Maya, tú serás la ayudante de Payton en las suyas. Y si uno de los dos no coopera o cruza una palabra irrespetuosa con el otro, se pasarán el día limpiando excrementos... juntos.

Maya asintió.

—No te preocupes, tía Vío —dijo Maya—, no pienso dirigirle la palabra nunca más.

—Ni yo a ella —dijo Payton.

—Como quieran —dijo la tía Vío—. Pero se van a cansar de oír mi voz.

Maya y Payton pelaron zanahorias y papas, lavaron los platos, pasaron el rastrillo en el claro, lavaron bridas y sillas de montar, barrieron las tiendas y llevaron cubos de agua del río al campamento. El sexto día por la tarde no se habían dirigido la palabra y la tozudez de ambos parecía indestructible.

Mientras Maya ayudaba a Payton a apilar troncos cerca

del fuego se dio cuenta de que la tía Vío los miraba. Maya alzó la barbilla y se acercó a la pila de troncos. Payton caminaba a su lado mirando al suelo. Luego, cuando estaban en el corral a punto de empezar la lección de Maya, Payton le dio las riendas de Séltzer sin mirarla siquiera. Maya las agarró bruscamente y al volverse se dio cuenta de que la tía Vío seguía observándolos.

La tía Vío entornó los ojos. Los labios formaban una línea recta y asentía suavemente, como si hubiera tomado una decisión.

—¡Comencemos! —dijo, frotándose las manos.

La tía Vío empezó a dar órdenes. Maya hizo que Séltzer caminara, trotara, retrocediera, avanzara de lado y pasara los postes en zigzag. Después de la larga lección, la tía Vío se volvió y fue a la puerta del corral. Maya desmontó y se secó con el pañuelo el sudor que le corría por el cuello.

—No hemos terminado, Maya —dijo la tía Vío

bruscamente——. Sé que llevas en el caballo casi dos horas, pero tu lección no ha acabado. Ven aquí. Vas a galopar.

——Pero estoy muy cansada y nunca he galopado.

——La mayoría de los miembros de esta familia aprenden a hacerlo antes de ir a la guardería. ¿No crees que vas algo atrasada? Súbete a ese caballo. ¿O quieres ser el primer Limner que no sabe galopar?

¿Por qué la estaba tratando tan mal la tía Vío? Subió a la silla de montar.

——Es solo que… no quiero ir demasiado deprisa.

——¿Por qué te entra el pánico cada vez que vamos un poco deprisa? ¿Cuál es el problema ahora, Maya?

¿Qué le pasaba a la tía Vío? ¿Por qué estaba enojada con ella? Durante toda la lección parecía que Maya no había hecho nada bien.

——Ir deprisa hace que me sienta enferma. La verdad es que… tengo la enfermedad del movimiento…

—Empieza al trote —dijo la tía Vío, poniendo las manos en jarras—. Sujeta la cabeza. Aprieta la pierna derecha un poco más de lo normal. Y haz el sonido de un beso.

A regañadientes, Maya intentó seguir las instrucciones de la tía Vío. De repente, Séltzer se movió de arriba abajo y de un lado a otro, cada vez más rápido.

—¡Suelta un poco las riendas! —dijo la tía Vío—. Mantente centrada. Los talones hacia abajo. La espalda flexible. ¡Deja de mover los brazos! Mira hacia delante, no al suelo. Intenta no moverte de la silla. ¡Por amor de dios, di "sooo"!

—¡Sooo! —. Maya y Séltzer pararon de inmediato, y ella casi se cayó en el copete.

—Vaya desastre —dijo la tía Vío—. Puedes hacerlo mucho mejor. Inténtalo otra vez.

—Quiero bajarme —se quejó Maya.

—¡Otra vez! —dijo la tía Vío.

Maya frunció el ceño pero puso el caballo al trote y le dio la orden. Mantuvo la pierna apretada en el lado, olvidándose de quitarla, y Séltzer empezó a andar en círculo.

—¡Maya! ¿Qué estás haciendo? Dale la orden correcta y suelta la pierna. ¡Ahora! Empieza de nuevo.

—¡No lo está haciendo bien! —se quejó Maya.

—¡Tú eres la que no lo está haciendo bien! —dijo la tía Vío.

Maya chasqueó la lengua para hacer que Séltzer volviera a trotar y avanzaron hacia delante. Un conejo de cola blanca saltó de un arbusto y se puso delante de ellos, moviendo la cola.

Séltzer se puso de manos.

Maya sintió cómo su cuerpo era lanzado al aire y se salía de la silla. Las botas se le salieron de los estribos, invadiéndole una sensación de terror. Cayó en picado y dio un gran golpe en el suelo. ¿La aplastaría el caballo? ¿Moriría?

Oyó los cascos de Séltzer retrocediendo.

Payton saltó de la cerca y alcanzó a Maya primero.

—¿Estás bien?

Maya miró hacia sus botas y sintió que la agarraba del brazo. Ella se dio la vuelta, temblando, y se sentó.

—Levántate —dijo la tía Vío mientras se acercaba—. Payton, tráele su caballo. Maya, tú y Séltzer tienen que "desaprender" algunas cosas antes de que terminemos.

—Tía Vío, puede que se haya hecho daño —dijo Payton.

—Trae el caballo, Payton.

—No puedo. Séltzer me tiró—. Maya sintió que le brotaban lágrimas.

—No te tiró. Tú te caíste. Piensa como un caballo. Los caballos son animales de presa. Su meta en la vida es pacer, estar con la manada y alejarse del peligro. Séltzer pensó que el conejo era un depredador. Tú sabías que era un conejo pequeño, pero él pensó que era un puma. Tarde o temprano, todos los caballos hacen algo imprevisible. Si hubieras estado mirando al frente en vez de hacia abajo, y si hubieras mantenido una postura equilibrada y centrada en tu sitio, no te habrías caído cuando se puso de manos.

Payton trajo a Séltzer y agarró las riendas. La tía Vío estaba cerca de ellos con los brazos cruzados.

La espalda de Maya estaba cubierta de sudor y tenía los brazos y la cara sucia. El tono de voz mostraba impotencia y rabia hacia la tía Vío.

—¿Es que no te das cuenta? Te lo dije. Tengo… enfermedad del movimiento. Me pongo muy enferma en las montañas rusas y las motocicletas y los trenes… y…

—¿Cuándo has montado tú en ninguno de ellos? —la interrumpió la tía Vío—. El abogado de tu abuela le dijo

a Moose que apenas te dejaron salir de la casa en seis años.
Que eras prácticamente una prisionera...

—¡Tú no sabes nada de lo que he hecho! —dijo Maya
sollozando—. ¡He hecho millones de cosas! La abuela me
llevaba al parque de atracciones muchas veces, normalmente una vez al mes. Y me dejaba ir en la motocicleta de
un vecino, solo por diversión. Y una vez fui en tren de
vacaciones a... ¡a San Juan Capistrano! Pero solo hice esas
cosas una vez porque me hacían vomitar. Y... y todo lo
que va rápido me recuerda a la horrible tragedia que
sufrieron mis padres, ¡porque el conductor del otro auto
iba demasiado deprisa!

—Escúchate a ti misma —dijo la tía Vío sacudiendo la
cabeza—. Te vas inventando las cosas a medida que las
dices. No había ningún otro auto. El auto de tus padres
patinó durante una tormenta y se estrelló en una montaña.
¿Vas a usar sus muertes como excusa para todo lo que no

sabes hacer o te da miedo, por el resto de tu vida? Porque Maya, si lo haces, te vas a quedar arrinconada en un lugar con todas tus mentiras, sin la posibilidad de probar ni experimentar nada. Tus padres murieron. Nunca podrás reponerte, pero tienes que seguir adelante —la tía Vío gritaba tan fuerte que un urogallo salió volando de un arbusto cercano—. ¡Y ahora levántate y súbete a ese caballo!

—Tía Vío —dijo Payton, frunciendo el ceño—, me parece que estás siendo algo brusca…

—Payton —respondió ella—, ¿quién te crees para decirme a mí que estoy tratando mal a Maya? Nadie se va de aquí sin que ella galope. Así que, si tienes algún comentario, dáselo a Maya en forma de sugerencia.

Payton retrocedió sin dejar de poner mala cara.

—Súbete al caballo, Maya —dijo la tía Vío.

Maya vio un destello de odio en los ojos de la tía Vío y

sacó a relucir su valentía. Las palabras de antes resonaban en su mente. "La mayoría de los miembros de esta familia aprenden a galopar antes de ir a la guardería. Los Limner nacieron para montar a caballo. No hay uno de nosotros que decidiera que no le gustaba". Maya agarró las riendas. Payton corrió hacia ella para ayudarla.

—Conozco a la tía Vío —dijo—. Vamos a tener que estar aquí hasta que lo hagas bien, aunque llegue la medianoche.

Maya puso el pie en el estribo, agarró las riendas y se sentó en la silla de montar.

—Si Séltzer empieza a ir demasiado deprisa —señaló Payton—, tira de las riendas para que el bocado haga contacto con el hocico, y luego suéltalas. Solo tienes que dar un tirón y soltarlas.

Maya asintió. Llevó el caballo al trote, le dio la señal

con la pierna e hizo el sonido de un beso. La transición fue mucho más suave esta vez. Se mantuvo firme.

—¡Ahora cabalga! —gritó la tía Vío—. Cabalga como si alguien te estuviera persiguiendo. ¡Vamos!

Maya miró al frente por encima de las orejas de Séltzer y mantuvo las riendas por encima del copete. Mantuvo los brazos firmes junto al cuerpo, las piernas con los talones hacia abajo y la postura centrada. Los músculos del lomo del caballo se movían al ritmo del paso. Siguió cabalgando, dándole a Séltzer más señales con la pierna para que fuera más deprisa. El ritmo perfecto del galope del caballo iba acorde con el ritmo de la respiración de Maya. *Pum, pum, pum*. En ese momento, nada de lo que había pasado antes, ni de lo que podía pasar después, le importaba. Quería galopar, galopar y galopar para siempre.

Cuando desmontó, casi no podía respirar y tenía la cara roja.

La tía Vío se acercó y Maya sonrió, esperando un cumplido. Pero la tía Vío agarró las riendas de Séltzer.

—¡Payton! ¡Maya! Pónganse pantalones cortos y una camiseta y espérenme en el río —dijo, llevando el caballo al corral.

—¿No lo hice bien? —dijo Maya.

—Sí, estuviste bien —dijo Payton—. Seguramente quiere que frotemos las piedras del río. Me obligó a hacerlo una vez que le contesté cuando no debía.

15

L<small>A TÍA</small> V<small>ÍO CAMINÓ TRAS ELLOS CON TOALLAS EN UNA</small> mano y un bote de champú en la otra. Calzaba botas vaqueras y un bañador con una falda encima que le quedaba tan larga como un vestido.

—¡Por aquí! —dijo adentrándose en el bosque de sauces, tan deprisa como si fuera a perder el autobús.

Maya y Payton la siguieron como pudieron. Caminaron por la ribera del río hasta que llegaron a una zona de hierba que se elevaba unos pies sobre el nivel del río.

La tía Vío se detuvo y les lanzó las toallas.

—Parece que están madurando —dijo asintiendo hacia el río—. Payton, ¿no crees que es hora de que le demos a Maya un bautismo de campamento? Maya, no hay nada mejor que el agua de Sweetwater.

—¡Sí! —dijo Payton. Se tiró al suelo, se sacó las botas y las medias y saltó al agua.

Maya miró a la tía Vío, perpleja. ¿No iban a lavar rocas de río?

—¿Sabes nadar? —preguntó la tía Vío, quitándose la blusa y las botas.

Maya miró su brazo sucio. Se había preguntado cuándo iba a poder bañarse. Desde que había llegado solo se habían podido lavar con un cubo de agua y un paño por aquí y por allá.

—Sí sé, pero… no sé si esta es la ocasión—. Se sentó en el pasto, soltándose el pelo y quitándose las botas de todas formas.

La tía Vío caminó hacia la orilla y se metió en el agua.

—¡Ven! —gritó Payton—. Es más fácil que caerse de un caballo.

—No puedo creer que esté haciendo esto   dijo

Maya acercándose a la orilla—. No lo puedo creer—.

Se tapo la nariz con una mano, cerró los ojos y saltó.

Después de unos momentos, salió de un salto a la super-

ficie, gritando por lo fría que estaba el agua.

Payton se rió.

Maya rió también, sorprendida por el sonido de

su propia risa. La tía Vío sonrió y les acercó el

champú.

Maya estuvo flotando un momento y luego nadó

hacia una zona en la que podía pararse, al lado de un

montoncito de arena. Se sentó y se echó champú en

el pelo. Cuando estuvo lleno de espuma, tomó una

parte y se frotó el resto del cuerpo, y luego se

zambulló una y otra vez hasta que no quedó rastro de

la espuma. "Me estoy bañando en un río", pensó, y no

pudo evitar evocar lo que habría dicho la abuela. Pero

a Maya no le importaba. Nunca había estado tan sucia ni se había sentido tan limpia.

Maya siguió a la tía Vío saliendo del río. Tendieron las toallas junto a la orilla, una junto a la otra, y se sentaron. La suave brisa les secó el cuerpo.

Payton fue a la ribera y se lanzó de nuevo al agua, salpicando una cantidad considerable de agua. Cuando salió a la superficie, las saludó con la mano.

La tía Vío lo saludó también y siguió mirándolo.

¿Sabes, Maya? Cuando Payton está en casa, sus tres hermanos le gastan bromas continuamente. Además, todos son grandes atletas. También son grandes jinetes, pero Payton les gana en todas las competencias. Yo intento entrenarlo tanto como puedo para que sobresalga tanto como sea posible. Normalmente está más tranquilo aquí que en su casa. —La tía Vío se inclinó y le dio un golpecito a Maya con el codo—. Pero creo que tú le has descontrolado su verano. No te preocupes, ya se ajustará. Espacios abiertos como este tienen ese efecto en la gente. Los ayuda a tranquilizarse, a reflexionar y a poner en orden los pensamientos.

Maya vio a Payton nadar hacia una parte más profunda del río. Trató de imaginar cómo sería tener tres hermanos mayores que la atormentaran todo el tiempo.

—Nada muy bien —dijo Maya.

—Hace muchas cosas muy bien. Lo que pasa es que en casa pasa un poco desapercibido. ¿Dónde aprendiste a nadar? —preguntó la tía Vío.

—Tomé clases en una de mis escuelas.

—¿Verdad?

—Una de mis escuelas le ofreció a la abuela darme clases —asintió Maya— y la abuela lo permitió porque la natación tiene que ver con estar a salvo en situaciones de peligro. Siempre le preocupaba que me fuera a ahogar en la bañera o en un charco o que hubiera una inundación. A ella… a ella le preocupaban un montón de cosas horribles.

—Debió haberte querido mucho —dijo la tía Vío.

Maya le lanzó una mirada de curiosidad.

—No se habría esforzado tanto para protegerte si no le hubieras importado —añadió.

Maya se quedó pensando.

—Pero era tan mala… y odiaba a mi madre. Ni siquiera me permitía decir su nombre. La abuela se deshizo de todas las fotos de mi madre, excepto la que conseguí esconder, y ella decía… decía que mi madre le había quitado a su único hijo… y que lo había matado.

En la frente de la tía Vío se dibujó una arruga.

—No tenía ni idea, Maya. Tal vez necesitaba echarle la culpa a alguien de la muerte de tu padre. Probablemente le hacía la vida más fácil. En cierta forma, la tristeza es prueba de que querías mucho a la persona que murió, y es muy difícil superarla. Algunas personas quedan atrapadas en su tristeza y se aferran demasiado a lo que les quedó. El abogado le dijo a Moose que tu abuela cerró las puertas de su casa al mundo exterior y que intentó hacer lo mismo contigo. Eso me dice que estaba triste y tenía miedo. No puedo evitar sentir pena de alguien en esas circunstancias.

—¿Moose estaba triste y tenía miedo cuando murió mi madre?

—Pues claro. Todos nosotros. Pero nos teníamos los unos a los otros para darnos apoyo y compartir esa tristeza. Nos ayudábamos para que fuera más fácil seguir con nuestra vida y seguir riendo, amando... y cantando.

—Él todavía parece estar triste —dijo Maya.

—Ah, pero eso es porque con Moose se cumple eso

que dice que la cara es el espejo del alma. ¿Conoces la expresión?

Maya negó con la cabeza.

—Significa que no esconde sus sentimientos y los demuestra. Se emociona y demuestra que está triste, pero también lo hace cuando está contento. Cuando ve una bella puesta de sol o con cualquier otra cosa —dijo la tía Vío sonriendo.

—Su esposa también murió, ¿verdad? ¿Mi otra abuela? —preguntó Maya.

—Sí, perdimos a la esposa de Moose hace muchos años, cuando tu mamá era solo un bebé.

—Entonces… mi madre no tuvo madre tampoco, como yo.

—Sí y no. En aquellos tiempos yo era una jovencita recién graduada que daba clases de arte en la universidad. Cuando murió la esposa de Moose, vine a casa para cuidar a Ellie. Ella era mi sobrina y me necesitaba. Nunca me arrepentí aunque extrañaba a mi familia y mis caballos, pero era demasiado orgullosa para admitirlo. Fig se unió a nosotros cuando enviudó, pero entonces no vivía en el rancho, y él y su familia estaban siempre por aquí. Todos cuidamos de Ellie. Supongo que eso fue lo que sustituyó a su madre.

La tía Vío se enderezó, apoyando los codos en las rodillas, y miró hacia Payton, que estaba sentado en la ribera lanzando piedras al río.

Maya siguió su mirada, pensando en lo mucho que la tía Vío, el tío Fig y Moose habrían querido a su madre.

—Tu madre solía decir que Sweetwater te hacía un agujero en el corazón que no se podía llenar con ningún otro lugar. Este sitio era uno de sus preferidos, Maya. Se sentía muy bien aquí y en el campo con los caballos. Mañana sabrás por qué.

—¿Mañana?

—Los voy a llevar a Payton y a ti a ver una manada que llevo observando hace un tiempo. Suelo prestar atención cuando veo caballos para saber de dónde vienen cuando los escojo. Seguramente veremos uno o dos de los sementales que tu padre pintó. Tenía mucho talento. Lo sabías, ¿verdad?

Maya negó con la cabeza.

—La abuela dijo que lo había destruido todo. El único cuadro que vi fue el del salón en el rancho.

La expresión de la tía Vío se endureció y sacudió la cabeza.

—Todos esos hermosos cuadros... bueno... al menos puedo enseñarte lo que lo inspiró y, si tenemos suerte, verás el pinto marrón y blanco que tu madre solía montar.

—Esa es… es la foto que tengo de ella… ¡Está en un caballo marrón y blanco!

—Se llama Artemisia —dijo la tía Vío— y solo era una potranca cuando la separaron de su madre durante una batida y la llevaron a una subasta.

—¿Qué es una batida?

—Es otra forma de decir redada. Compré a Artemisia y la entrené durante tres años. Tenía cuatro años, como tú, el verano que tú y tu mamá nos visitaron en el rancho. Ellie enseguida se enamoró de esa yegua y montó en ella todo el tiempo que estuvo aquí. Era mi yegua, Maya, pero Artemisia y tu madre establecieron una conexión como nunca antes había visto. Cuando Ellie se marchó, Artemisia suspiró por días. Más adelante ese verano, me traje a Artemisia a Sweetwater porque necesitaba más caballos que organizaran y guiaran una manada para un grupo de fotógrafos. Dejé que otra persona montara en Artemisia. Y ese fue mi error.

—¿Por qué?

—Habíamos estado fuera todo el día persiguiendo a una manada de caballos salvajes —dijo la tía Vío—. Cuando preparamos el campamento para pasar la noche, yo estaba ocupada armando el corral portátil y los fotógrafos estaban quitando los arreos. La mujer que montaba a Artemisia olvidó poner la soga alrededor del cuello de Artemisia antes de quitarle la brida. En ese momento apareció en la colina un semental con su harén. Todos esos fotógrafos se volvieron con sus cámaras para sacar fotos. Cuando el revuelo terminó, la mujer se dio cuenta de que Artemisia se había alejado. Para entonces el semental ya había dado varias vueltas a su alrededor y se había colocado en posición. Vino por la espalda y se llevó a

Artemisia justo delante de nuestras narices. Me sentí desolada hasta que vi lo bien que se había adaptado a la vida salvaje. La vi hace solo unas semanas, justo después de parir. Tiene un potrillo nuevo. Le he puesto Klee.

—Klee —repitió Maya—. Es un nombre raro.

—Les pongo nombres de pintores famosos.

—¿Y eso?

La tía Vío se echó hacia atrás apoyándose en los codos y volvió a adquirir la misma mirada soñadora que había tenido en el campamento cuando cantó junto al fuego.

—Mira a tu alrededor. Aquí fuera en toda esta enormidad, cada cosa importa y resalta, por pequeña que sea. Cuando los caballos corren con sus crines y colas al viento, pienso que son como pinceladas de colores. Los considero los artistas de este inmensurable lienzo que es el campo abierto. Y por eso los llamo así. Los caballos reciben los apellidos y las yeguas los nombres, y así sabemos quién es quién. Tengo preferencia por los pintores del suroeste americano. Otros son pintores favoritos cuyas vidas admiro o artistas sobre los que hablo en mis clases.

Payton salió de entre los arbustos al borde del claro.

—¡Miren lo que he encontrado! —dijo corriendo hacia ellas con una culebra delgaducha colgando de las manos.

—Payton, te lo advierto — dijo la tía Vío.

Él retrocedió y soltó la culebra tras un arbusto. La tía Vío sacudió la cabeza y sonrió.

—Hace solo unos días la culebra habría acabado en tu tienda —dijo—. Puede que aún haya esperanza para ese chico.

—Tía Vío —dijo Maya mientras se vestía—, yo... yo abrí la puerta del corral... a propósito.

—Lo sé —asintió la tía Vío mientras se ponía las botas—. Gracias por decir la verdad. Y Maya, fui un poco dura contigo hoy... a propósito. No esperaba que te cayeras, la verdad. Me diste un buen susto. Pero al final lo hiciste muy bien. Lo llevas en la sangre, eres una Limner.

Maya siguió a la tía Vío hacia el campamento y se abrazó a la toalla. No podía dejar de pensar en todo lo que le había dicho su tía sobre su madre, el río y los caballos salvajes. Y sobre ser una Limner. Tenía la cara colorada por el sol, pero estaba tan radiante por fuera como por dentro.

16

Artemisia guió a la familia hacia el barranco. Klee saltaba junto a ella alegremente. Desde su nacimiento, hacía solo unas semanas, había crecido mucho y su pelaje se había tornado suave y esponjoso con espirales marrones y blancas. Con una valentía recién encontrada, Klee intentó ponerse delante de Artemisia, pero ella se lo impidió. Georgia trotaba delante para cuidar de él, manteniendo a Klee a una distancia prudente.

A medida que la manada se dirigía hacia las planicies más cercanas al agua, tres figuras aparecieron en lo alto de la colina. Artemisia se detuvo y levantó la cabeza hacia ellas, con las orejas alerta. Una era aquella mujer conocida que solía observarlos durante horas pero que nunca había sido una amenaza. Las orejas de Sargent se alzaron y relinchó como diciendo, "¿Anda todo bien?" Artemisia relinchó también, afirmativamente, y continuó hacia el lago para beber. Sargent no estaba satisfecho y siguió mirando a los extraños. Cuando comprobó que no había peligro, siguió al resto de la familia.

Artemisia se dio cuenta de que Mary, que solía distraerse, se había retrasado, pero luego vio que Sargent se le acercaba y le daba un empujoncito por detrás. Mary trotó para acercarse a los demás. Todos estaban ahí excepto Wyeth.

Artemisia oyó a Wyeth relinchar y miró hacia las colinas. Estaba ahí solo, llamándolos. Trotó hacia delante, pero Sargent se dio la vuelta de repente, arqueó el lomo, resopló y dio golpes en el suelo. Wyeth retrocedió y miró de un lado a otro.

Wyeth tenía ya más de dos años. Era hora de que se valiera por sí mismo, debía encontrar una manada de sementales solteros con los que vivir en fraternidad y jugar a pelearse, a darse golpes y a perseguir a los demás con el cuello estirado en posición de serpiente. No era más que un ensayo de lo que haría cuando fuera adulto y lo suficientemente fuerte para enfrentarse a otro semental con su harén, conseguir una yegua y fundar su propia familia. Artemisia vio que Wyeth daba pasos dudosos en esa dirección. Sargent se acercó a él con un movimiento brusco. Aunque Wyeth era hijo de Georgia y había estado en la manada desde que nació, Artemisia y las otras yeguas sabían que no debían interferir en el rechazo fiero de Sargent y parecían haber aceptado su exilio. De repente, Wyeth bajó la cabeza y desapareció detrás de la colina. Por primera vez en su vida, había elegido su propio camino.

Artemisia prestó atención a los demás. Georgia y Mary se acercaron al agua y se metieron en ella. Artemisia hizo lo mismo y Klee la imitó. Artemisia salió del agua y Klee hizo lo mismo. Ambos se sacudieron el agua, salpicando gotas. Artemisia lo recorrió con el hocico como si quisiera absorber su presencia. Lo acarició en la cruz con el cuello, asegurándose de que no se fuera a ninguna parte con ninguna manada de sementales solteros, al menos por ahora.

17

—No te alejes de mí y no te acerques a ese barranco —dijo la tía Vío—. No tengo ninguna intención de dejar que se los trague la Cuenca de la Gran Divisoria.

Maya, la tía Vío y Payton montaban en sus caballos y desde donde estaban se veía el inmenso cráter del desierto. Ante ellos se alzaban las abruptas montañas Honeycomb Buttes, formando espirales de tonos oxidados, rojizos y verdes. Al este los saludaba el Pico Continental y al oeste las montañas Oregon Buttes, que parecían un gigante durmiendo plácidamente.

—¿Has visto alguna vez algo parecido? —preguntó la tía Vío.

Maya negó con la cabeza. Era como si estuviera en otro planeta. ¿Estaba aquí de verdad? ¿Iba a ver a los caballos salvajes? Apenas había podido dormir la noche anterior pensando en este momento. Por la mañana temprano la tía Vío se había sorprendido de encontrarla calentándose las manos en el fuego, ya vestida y preparada para salir. Después de desayunar prepararon a Rusell, Homer y Séltzer y los metieron en el remolque, y la tía Vío manejó la camioneta que los llevó a los tres a la Cuenca de la Gran Divisoria.

La tía Vío giró hacia el norte y Maya y Payton la siguieron. Frente a ellos vieron el espejismo de un lago luminoso, pero a medida que se acercaron, desapareció. Lo que Maya creyó que eran unas rocas apiladas resultó ser una manada de antílopes. Maya dejó escapar un grito ahogado y sintió escalofríos al verlos correr por el campo delante de ella con un ritmo acompasado, como si fuera un ballet.

—Este es un lugar misterioso, Maya. Yo no dejo de

sorprenderme tampoco ante la belleza y la rareza que alberga.

Maya asintió y tuvo la sensación de que algo extraño iba a pasar en cualquier momento. Sabía que era ridículo sentir algo así, pero se imaginó que cuando viera por primera vez a Artemisia, vería también a su madre en ella. O al menos sentiría su presencia. En este lugar, donde la vista te engañaba en cualquier momento, todo era posible.

Se detuvieron, bajaron de los caballos y los amarraron a un arbusto de ramas grandes. La tía Vío los llevó a la cima de una colina, donde se sentaron a esperar.

—Tía Vío, ¿hay caballos fantasmas por aquí? —preguntó Maya.

La tía Vío sonrió.

—¿Quién te habló de los caballos fantasma?

—Mi madre. Dijo que la única forma de cazar a un caballo fantasma es pintando la cola del viento.

—Yo sé pintar el viento —dijo Payton—. ¿Quieres que le muestre cuán rápido puedo cabalgar, tía Vío?

—Payton, nos acabamos de sentar. No te muevas. Solo conseguirías asustar a todo ser viviente en millas a la redonda. Aquí hay muchos fantasmas, entre ellos Artemisia. Es ese manto blanco en contraste con la oscuridad lo que hace que los escépticos se conviertan. Es la cosa más bella que he visto.

—Tía Vío, ¿por qué no puedes recuperar a Artemisia si es tuya? —preguntó Maya.

—¿Por qué, Payton?

—Porque sería demasiado peligroso —dijo Payton.

—Es cierto. Necesitaría a unos cuantos vaqueros para separarla del posesivo semental. Nació libre y sabe cómo sobrevivir en la naturaleza, así que debo dejarla. La decisión no fue fácil de tomar y la extraño mucho.

—¿Y los caballos salvajes no intentan llevarse tus caballos?

—En absoluto —dijo Payton—. Solo tratan de llevarse yeguas. Nuestros caballos son machos y el semental tiene que ser el único adulto en una familia de caballos. No le gusta la competencia. Si otro macho adulto se acercara, tendría que pelearse con él y echarlo. A veces, un semental intenta robarle la yegua a otro semental y hay una pelea gigantesca y se patean y se muerden y hay un montón de sangre...

La tía Vío agarró a Payton del brazo para calmarlo. Se quitó los lentes.

—Mira, ahí hay una familia acercándose al agua. Quédate quieta. No hagas ningún movimiento brusco.

Maya se mojó los labios emocionada. Miró a través

de los binoculares y vio cinco caballos saliendo del recodo entre dos colinas.

—Ahí está Sargent, el semental —susurró la tía Vío—. Es el palomino que está detrás de los demás. ¿Verdad que es hermoso?

Maya pensó que Sargent era como el paisaje, crudo e indomable. Tenía rasguños y cicatrices y su pelaje caía en espirales como un trapeador.

—¿Y ves aquella yegua rubia? Es Georgia. Y ahí está Mary, su potranca de dos años. Se parece más a Sargent, con ese tono de palomino. Artemisia está al frente. ¿La ves, Maya?

Maya había contenido la respiración y de pronto recordó que tenía que soltar el aire. Se inclinó hacia delante e intentó mirar mejor a Artemisia, pero la yegua se veía borrosa a través de las lentes. Maya volvió a respirar hondo mientras enfocaba los binoculares. Entonces, la imagen se vio nítida.

Artemisia no tenía el aspecto elegante de los caballos de las manadas que salían en los libros ni parecía la misma yegua que había visto en las fotos. Tenía la crin y la cola llenas de nudos y enredos, la barriga sucia y las patas y el hocico con greñas. Y aun así tenía un aire de fortaleza en la forma de caminar y de alzar la cabeza, como si fuera de la familia real.

Artemisia giró la cabeza hacia Maya, como si la estuviera mirando a ella directamente a través de los binoculares.

Maya sintió algo por dentro.

—Sabe que estamos aquí.

—Ella lo sabe, y también Sargent y los demás. Pero están acostumbrados a que los observe y a que traiga gente. Me gusta creer que Artemisia se acuerda de mí.

Quizá sea algo en mi postura o mi olor —la voz de la tía Vío reflejaba un gran cariño—. Mira, Maya, justo detrás de Artemisia, entre las otras dos yeguas. Ahí está el potrillo, Klee.

Klee resaltaba de los demás: el pelaje era nuevo, reluciente y suave, la expresión de la cara animada, casi divertida. Maya deseó estar lo suficientemente cerca para tocarlo. No podía apartar la mirada de sus payasadas y empezó a sonreír. Estaba tan lleno de curiosidad y energía, y parecía sentir completa adoración por su madre.

La tía Vío miró por los binoculares.

—¿Dónde está Wyeth?

—Lo veo —dijo Payton—. ¿Ves, tía Vío? Allá en esa colina. Está tratando de llegar al agua, pero Sargent no lo deja.

—Llegó la hora.

Maya levantó la mirada y vio que el caballo que estaba solo se alejaba.

—¿La hora de qué? —preguntó.

—De dejar a la familia. El semental aleja a los caballos de dos o tres años de edad para evitar la endogamia y porque un macho joven solo desea crear problemas. ¿Alguna vez oíste la expresión "dejar el nido"? Eso es lo que Wyeth va a hacer a partir de ahora, hasta que esté listo para sentar cabeza.

—Tía Vío —dijo Payton—. ¿Puedo irme?

—Está bien. Mantén a Homer en trote constante y no lo lleves al galope.

—¡De acuerdo! Nos vemos en el remolque.

—A veces parece que ese chico ya está listo para dejar el nido —se rió la tía Vío.

—Parece tan cruel... para los caballos jóvenes —dijo Maya.

—Bueno, no es tan diferente en las familias de los humanos. Llega un momento en que los niños deben marcharse de casa y abrirse camino en el mundo. Igual que hizo tu madre, e igual que Payton y tú harán algún día. Tan desolador como parece, dentro de unos años Klee tendrá que dejar la manada también.

Maya y la tía Vío levantaron los binoculares. Maya vio que Artemisia mordisqueaba el cuello de Klee y luego rodeaba su cuerpo con la cabeza y el cuello. Maya sintió una punzada de celos. ¿La habría acariciado su madre alguna vez con la misma devoción?

—Es una buena madre —dijo la tía Vío— y una buena yegua líder. Aunque la extraño mucho, sé que es feliz.

—¿Cómo se convirtió Artemisia en la yegua líder? —preguntó Maya.

—La yegua que se pone en posición de líder se convierte en uno —dijo la tía Vío.

—¿Y *cómo* sabía Artemisia que ella era la líder?

—Ay, Maya, hay tantas cosas que nosotros los humanos no sabemos. En el caso de los caballos, el líder no es el más grande ni el más viejo. Es el caballo que inspira suficiente confianza para guiar a la familia en situaciones de peligro, el que conoce a fondo el territorio y sabe por dónde llevarlos para ponerlos a salvo, el que es lo suficientemente inteligente para saber tratar con otros líderes y mantener la paz entre las manadas. Algunas yeguas tienen ese don. Otras, no. Piensa en los grandes líderes humanos. Tienen muchas de esas mismas cualidades.

Maya pensó en lo que la tía Vío acababa de decirle y bajó los binoculares.

—Como tú, tía Vío.

La tía Vío siguió observando los caballos un momento,

luego bajó los binoculares y se secó el sudor de la frente con el brazo.

—Maya, ¿recuerdas que te conté lo mucho que tu madre amaba Sweetwater y cómo este lugar le daba una paz de espíritu que no podía encontrar en ningún otro lugar?

Maya asintió y miró a la tía Vío, cuyos ojos empezaron a brillar algo más de lo normal.

—Yo nunca me casé ni tuve mi propia familia... y tu madre... llenó una parte de mi corazón que pensaba que nadie podría llenar... hasta que...

Payton apareció detrás de ellas, agarrando las riendas de los tres caballos, sin aliento y respirando de forma entrecortada.

—¡Tía Vío!

—Supongo que me acaba de salvar de mi propia cursilería —sonrió la tía Vío—. ¿Qué pasa, Payton?

—Tía Vío… hay un helicóptero… ¡en el cañón!

—¡No! —dijo la tía Vío, ahogando un grito y con el rostro descompuesto.

—¿Qué pasa? —dijo Maya.

—¡Vamos! —dijo Payton—. Date prisa.

La tía Vío corrió hacia los caballos y Maya corrió detrás de ella.

—Al menos has podido verlos antes de que… —dijo la tía Vío mientras montaban.

—¿Antes de qué? —dijo Maya.

Las aspas del helicóptero batían y el motor hacía un ruido ensordecedor. Apareció en el horizonte, moviéndose en zigzag como un abejorro gigante, cruzando el cañón. Habían colocado cercas de malla por millas a la redonda, más anchas a un extremo del cañón que al otro, que acababan en una rampa estrecha que daba a un corral redondo.

Los caballos salvajes resoplaban y se agitaban asustados. El pelo les brillaba por el sudor. Una potranca pequeña corría para reunirse con su madre. Un semental se tambaleó y lo obligaron a empujones a avanzar con el resto de la manada. Detrás de ellos, una yegua trataba de avanzar cojeando. Los relinchos de los caballos resonaban en todo el cañón.

Maya, Payton y la tía Vío se sentaron en el borde de una colina para observarlos.

—Es una batida, pero no es bonito, ¿verdad?

Maya sacudió la cabeza. La palabra *batida* parecía tan inocente. Y, sin embargo, esto no tenía nada de inocente.

—¿Por qué se los llevan? —preguntó Maya.

—Por muchas razones, es muy complicado. El gobierno

los reúne cada varios años para mantener bajo control la población de caballos salvajes. Y están bajo una gran presión para hacerlo, sea o no necesario. Algunos rancheros piensan que dañan el paso de sus ganados. Algunas personas piensan que beben demasiada agua, pero para cada una de las opiniones hay una opinión en contra. Otros dicen que no son más que caballos domésticos abandonados que han aprendido a sobrevivir en el mundo salvaje. Puede que algunos lo sean, pero algunos científicos ahora piensan que los cimarrones son una especie salvaje proveniente de Norteamérica. Sea cual sea su origen, mucha gente cree que deberían ser protegidos.

—¿Qué les va a pasar?

—Subastarán al más joven y hermoso, que es como yo adopté a Artemisia. Otros serán comprados por gente que trabaja en reservas, lugares protegidos en los que podrán vivir libres y en paz.

—Pero aquí hay mucha tierra y pueden vivir en libertad —dijo Maya.

—Mucha gente cree lo mismo. Por desgracia, hemos hecho lo mismo demasiadas veces en este país: batidas de animales o de personas para llevarlos a otro lugar, cuando se sentían bien donde estaban.

—¿Qué les pasa a los demás... al resto?

—Los subastan. —Payton bajó los binoculares y habló con una calma inusual—. A muchos de ellos los matan para usar la carne como alimento que envían a otros países. Antes solían llevar a los caballos a los mataderos y hacían comida para perros.

—Algunos políticos intentan cambiar la ley de protección de caballos para ganar el voto de la gente que lleva sus ganados a pastar a terrenos públicos —dijo la tía Vío—. Los caballos salvajes se comen el pasto y nadie gana dinero con ellos. No todo el mundo comprende su verdadero valor. Y sin embargo, este país se fundó a lomos de caballos. Los caballos llevaban a la gente de un sitio a otro mientras construían este país. Araban la tierra y fueron nuestros mejores aliados en la guerra. Es una especie que confió tanto en nosotros como nosotros en ellos. Se convirtieron en nuestros compañeros. ¿Ves la energía que tienen y cómo disfrutan de su libertad? En solo unos días, si regresamos a este corral, verás qué tristes están. Imagínatelos libres y luego separados de sus familias y encerrados.

Maya no tenía ni que imaginárselo. Sintió un escalofrío en todo el cuerpo. Miró hacia el horizonte interminable y vacío y sintió un gran pesar por los caballos. A Artemisia la habían separado de su madre en una batida. Ahora iba a perder a Klee de la misma forma.

La tía Vío miraba a los caballos con los binoculares.

—Ahí están Sargent… Georgia y Mary… e incluso Wyeth. Debe de haberlos seguido.

Los cazadores con las sogas en las manos metieron a los últimos caballos en el corral y cerraron la puerta.

—¿Dónde están Artemisia y Klee? —preguntó Maya.

La tía Vío seguía observando a los confundidos y ansiosos caballos arremolinados en el corral.

—No están con los demás — dijo.

—Y eso es bueno, ¿verdad? —suspiró Maya.

La tía Vío guardó los binoculares en la bolsa. Frunció el ceño, preocupada.

—Quizá. Quizá no. Si los hubieran cazado, yo habría tenido la oportunidad de probar que Artemisia me pertenece. Aún tiene la marca del rancho. Pero ahora…

sin la protección del semental, ella y Klee son muy

vulnerables…

—¿Qué les puede pasar? —preguntó Maya.

La tía Vío la miró de una manera que significaba que

podía pasar lo peor.

Nadie habló de camino al remolque. Ni en la

camioneta, de vuelta al campamento. Payton se

acurrucó junto a la puerta. La tía Vío miraba

fijamente hacia delante. Maya se echó hacia atrás en

el asiento y cerró los ojos. No podía dejar de pensar

en Artemisia y Klee, ni quitarse de la cabeza el deseo

irrefrenable de montarse en un caballo y salir en su

busca.

Artemisia sabía lo que significaba el sonido de las aspas. Significaba que había que salir corriendo y que la manada se asustaría. Significaba que el cañón se iba a teñir de sangre por el choque de cascos y que el sudor salpicaría los ojos de unos y otros.

El instinto de Artemisia le decía que Klee no sobreviviría a la furia, y por eso se alejó de la nube de polvo y del camino trazado por los cascos.

Llevaban unos pocos días deambulando al norte del barranco que daba al río Sweetwater. Estaba oscureciendo. Un urogallo salió de un arbusto. Artemisia levantó la cabeza y miró en dirección al crujido de hojas, inclinando las orejas para determinar el origen del ruido. El viento soplaba, y pudo oler al puma. Artemisia se mantuvo cerca de Klee. Galoparon hacia un descampado, donde les sería más fácil resistir un ataque. El puma estaría solo; era una criatura solitaria y no le hacía falta la compañía. En un espacio abierto Artemisia tendría la oportunidad de defenderse de un depredador.

Una vez, estando al borde de una colina, había visto a un puma perseguir y matar a un antílope. El gigantesco felino se había escondido detrás de las colinas de arbustos. Siguió a su víctima con el vientre rubio pegado al suelo. Luego esperó pacientemente y en silencio tras los arbustos. Cuando su presa se acercó, levantó el lomo y sus orejas se pusieron de punta. Gateó apoyado en sus fuertes patas traseras y se colocó a siete metros del antílope. Con un fiero mordisco en el cuello pudo inmovilizar a su víctima y matarla. Una vez saciada el hambre, el puma cubrió con hojas y tierra lo que quedaba de la carcasa para poder comer más adelante.

El olor se hacía más presente. Artemisia vio pasar una sombra y entonces divisó al puma en cuclillas. Las orejas se le levantaron y las fosas nasales se le hincharon. Bajó la cola y dejó escapar un terrorífico relincho de advertencia. El felino saltó y Artemisia sintió la extraña y cosquilleante sensación de que algo pasaba como un zumbido. Retrocedió y vio a su atacante cara a cara mientras golpeaba el suelo con los cascos.

El felino, sorprendido, huyó.

Artemisia se pegó mucho a Klee. Con aplomo y determinación, escogió un camino y lo siguió hacia delante. Tenían que alejarse de esa zona.

El puma estaba hambriento y los perseguiría una y otra vez, hasta que lograra su propósito.

19

MAYA Y PAYTON OYERON EL MOTOR DE LA CAMIONETA DE
Moose y corrieron desde el río, uno junto al otro, hacia
el campamento. Golly salió de la camioneta y se unió a los
dos primos, saltando a sus pies, ladrando y lamiéndoles las
manos.

Moose y Fig salieron también y se acercaron.

—Bueno, bueno —dijo Moose mientras abrazaba a
Maya—, ¿cómo está nuestra chica de la frontera?

—Vimos los caballos salvajes —respondió Maya con
emoción—. Hubo una redada, aunque en realidad se
llama batida, y Artemisia y Klee... Ah, Klee es el
nuevo potro de Artemisia... Bueno, el caso es que han
desaparecido. Ayer los buscamos por todas partes pero
no estaban donde siempre suelen ir. La tía Vío dice que
podrían estar en cualquier parte, pero hemos decidido

no parar de buscarlos. ¿Y sabes qué? Ya sé ir a galope tendido.

—Pues claro que sí —dijo el tío Fig mientras abrazaba y le revolvía el pelo a Payton.

—Vamos, Golly —dijo Payton, liberándose del abrazo—, te voy a enseñar la madriguera de castor que hay justo al lado del tipi de Maya.

Corrió hacia el río y la perra lo siguió, pero Maya no se movió.

La tía Vío salió de la tienda que servía de oficina, saludó a Fig y a Moose y, con su habitual ritmo enérgico, empezó a pasar cajas de provisiones para las tiendas a quien estuviera dispuesto a ayudar. Maya agarró una bolsa de comida y caminó con ellos hacia el campamento.

—¿Es esta la misma chica que dejamos aquí hace unas semanas? —preguntó Moose.

Maya sonrió y asintió.

—No puede ser —dijo Fig—. Esta chica es un poco más alta, luce un saludable bronceado y sabe ir a galope tendido.

—Dejen de dar la lata, ustedes dos —dijo la tía Vío—. Una parte de ella es nueva y otra es la misma. Tan pronto conseguí que se subiera a un caballo, encontró su corazón, igual que su madre.

Dejaron las bolsas de comida en la despensa y salieron a buscar otra tanda de avíos.

—Así que la historia que nos contaste sobre los caballos… ¿era verdad, Maya? —preguntó Moose.

—Sí, no miento, ¿verdad, tía Vío?

—Estos últimos días puedes creer cada palabra que sale de su boca.

—Vío, ¿crees que Artemisia y su potrillo podrían estar cerca del río? —preguntó Fig.

—No lo sé —dijo la tía Vío, deteniéndose frente al maletero de la camioneta—. No sé por qué no se quedaron con el resto de la manada. Quizá Artemisia se asustó al oír el helicóptero. Hace unos meses vi a la manada en un claro cerca del río, y ese es un lugar al que no suelen ir porque está más allá de su territorio. Artemisia puede haber emigrado hacia allá o puede haberse ido a un lugar completamente diferente si se sentía amenazada.

—La tía Vío dice que les sería muy difícil sobrevivir sin la protección de un semental —dijo Maya con voz temblorosa y llena de preocupación—. Pero resulta que ahora no hay demasiados sementales por culpa de la batida. Y a los caballos les gusta estar cerca de otros caballos. Y una de las cosas más tristes de este mundo es un caballo salvaje sin familia, triste y solo...

—Entonces, pajarito Maya, más vale que los

recuperemos —dijo Moose, dándole otra bolsa de avíos, y dirigiéndose luego a la tía Vío—: Ese caballo tiene la marca del rancho y te pertenece.

—Lo sé. Si otra manada se los hubiera llevado, no haría nada. Pero si están solos ahí fuera, desde luego que me gustaría traerlos aquí.

—Sí… nos gustaría traerlos aquí —dijo Maya—. ¿Podemos ir a buscarlos después del almuerzo? ¿Por favor?

—Podemos —dijo Moose, mirando hacia Los Vientos, a no ser que el mal tiempo nos lo impida.

El cielo parecía rasgado por trazos violetas y negros. Llovía a cántaros. Las nubes avanzaban deprisa y se escuchaban relámpagos una y otra vez. Llevaron las sillas de plástico que estaban alrededor del fuego hasta la tienda de la cocina, y luego Moose y Fig salieron a dar de comer a los caballos y a cavar zanjas para desviar el agua.

Tras dos días de lluvias intermitentes, incontables juegos de cartas con Payton, horas y horas escuchando a Moose leer una novela de Louis L'Amour y quién sabe cuántas lecciones del tío Fig sobre los nombres en latín de la flora y fauna de Wyoming, Maya estaba harta de estar en la cocina.

Asomó la cabeza en la tienda de la oficina, donde la tía Vío trabajaba.

—¿Puedo entrar?

Adelante. Me preguntaba cuánto aguantarías con los chicos —dijo la tía Vío.

Estaba sentada en una silla plegable frente al escritorio. El suelo estaba cubierto de revistas sobre caballos y en las paredes de lona había fotos de los caballos salvajes, con los nombres escritos en los bordes.

—¿Te puedo ayudar en algo? —preguntó Maya.

—Cualquier orden en este caos, por mínimo que sea, será bienvenido. Me encantaría que abrieras y organizaras esas cajas de ahí. Estoy trabajando en un artículo titulado, "El caballo nativo en el arte", y luego tengo que empezar a preparar mis clases de Historia del Arte para este otoño.

Un rayo iluminó la tienda. Maya aguantó la respiración hasta que el trueno hizo su explosión.

La tía Vío siguió trabajando como si nada.

Maya respiró hondo y empezó a desempacar las cajas, sacando gigantescos libros de arte, acariciando y estudiando la portada de cada uno de ellos: John Singer Sargent, Artemisia Gentileschi, Olaf Séltzer, George Catlin, Charles Russell, N. C. Wyeth, Mary Cassatt…

Maya sonrió y estudió las fotos de los caballos salvajes en las paredes de la tienda, buscando su artista correspondiente en los libros de arte. Vio una foto de un semental negro con el lomo y las patas blancas.

—Tía Vío, este se parece al caballo que pintó mi padre.

—Tienes razón. Es Remington. ¿Verdad que es espectacular? Ha intentado más de una vez quitarle Artemisia a Sargent, pero sin éxito. Los caballos tienen su propia personalidad y saben encontrar la forma de conseguir lo que desean.

—¿Igual que las personas? —preguntó Maya.

—Es más bien al revés. Las personas son como los caballos. Sargent es como un guerrero. No duda en luchar por lo que quiere. Remington puede proteger a los suyos, pero su manera de hacerlo es diferente. Él es paciente y oportunista, y espera hasta que un semental baje la guardia para avanzar. Todavía puedo ver a Remington a la carrera en lo alto del barranco con otros caballos jóvenes solteros. Todavía no tiene una yegua. Sería bueno que aún quisiera a Artemisia. A ella y a Klee les vendría bien la protección. —La tía Vío se levantó y se estiró—. Voy a hacer un sándwich. ¿Tienes hambre?

Maya negó con la cabeza. Apiló las revistas en montones ordenados, con los lomos hacia fuera. Colocó los libros por orden alfabético y alineó los informes y demás papeles. Sentía una gran satisfacción al ordenar las cosas de la tía Vío, y sin darse cuenta empezó a canturrear.

Mientras ordenaba una pila de informes, vio un sobre medio deshecho lleno de fotos. Al ver el contenido se sentó con las piernas cruzadas y puso las fotografías en una fila: había una de su madre con la tía Vío en frente de una cerca rota, abrazadas; una de ella misma, a los cuatro años, de la mano de Moose, caminando por el pasto; Maya y Payton en el regazo de Fig, en una mecedora; su madre a la grupa de Artemisia sin silla de montar, con solo una cuerda alrededor de la barriga del caballo. Y una copia de la foto que Maya guardaba en su caja de zapatos.

Maya miró las fotos, las guardó en su chaqueta y atravesó el camino lluvioso y lleno de lodo para ir a la tienda de la cocina. Se encontró a Moose leyendo y al tío Fig y a Payton jugando a las damas.

—¿Qué es esa cuerda que lleva Artemisia? —dijo, mostrándole la foto a Moose.

—Pajarito Maya —dijo Moose, estudiando la foto—, esto ya se me había olvidado. Lo llamamos el nudo comanche. Muchos indígenas de las Grandes Llanuras usaban esa técnica para montar sin silla ni riendas. Echaban la soga alrededor del caballo, por debajo de la barriga, se montaban en la grupa desnuda y ajustaban las rodillas con la cuerda a ambos lados. Para mantener el control, pasaban una mano por debajo de la cuerda, encima de la cruz. Los indígenas americanos eran unos jinetes tan fabulosos que podían cazar y luchar en esa posición.

—Le contamos a tu madre lo del nudo comanche —dijo Fig— y no paró hasta que lo probó. Ellie era muy valiente.

—¿Como yo? —preguntó Payton.

—No —dijo Fig—, tú eres valiente pero descuidado, como un toro en una tienda de vajillas de porcelana. Ellie era valiente y sensata a la vez. Siempre intentaba probar algo nuevo, pero antes de hacerlo, lo pensaba detenidamente.

Maya se apoyó en el brazo de Moose mientras veía las fotografías. Él agarró la foto en la que estaban la madre de Maya y Artemisia.

—Me acuerdo de este día. ¿Sabes a quién saludaba tu madre en esta foto?

Maya sacudió la cabeza.

—A ti —dijo Moose—. Yo te tenía en brazos y vimos un halcón que volaba en círculos sobre nosotros. Tú empezaste a reír sin parar, señalando hacia el cielo. A Ellie le impresionó tanto tu reacción que empezó a reír a carcajadas también, y entonces tía Vío tomó la foto.

Maya miró la foto. ¿Su madre la había estado saludando *a ella*? ¿*Ella* había hecho reír a su madre? Maya sintió una ola de felicidad. Se levantó y abrió la ventana de la tienda. Seguía lloviendo a cántaros en el campamento, pero ella miró más allá de las cortinas de agua. Podía imaginarse a Artemisia y a Klee en el corral. Les daría de comer y los acariciaría. También les hablaría y les contaría miles de cosas. Incluso se imaginaba a ella misma a la grupa de Artemisia, como su madre.

—¿Cuándo vamos a ir a buscarlos? —preguntó.

—En cuanto deje de llover, Maya—dijo Moose—.
Y espero que pare pronto o todos vamos a acabar en
el río.

Cuando la madre naturaleza puso fin a la incansable
lluvia, el río brillaba con una nueva energía. Por las
mañanas, prosiguieron las lecciones de montar y las
excursiones de pesca con Fig y Moose. Por las tardes, la
tía Vío, Maya y Payton salían a buscar a Artemisia y Klee.
Cabalgaban por millas y millas a lo largo de uno de los
caminos que crearon los pioneros que viajaban a
California y que se extendían paralelos a unas antiguas
vías de tren, llegaban hasta Elkhorn Draw y volvían a
las montañas Honeycomb. Al principio, se mantenían
optimistas a pesar de volver al campamento sin noticias.

Pero después de unas semanas, regresaban en silencio y pensativos.

Payton dejó de ir con ellas y prefirió quedarse en el campamento con Fig y Moose. La tía Vío le dijo a Maya que tenían que descansar para que ella pudiera trabajar y para darle un respiro a los caballos. Pero Maya no perdía la esperanza. Todas las noches, antes de ir a dormir, sacaba la figura del pequeño semental negro, lo ponía por encima de la cabeza y le susurraba:

—No te preocupes, Artemisia. Voy a encontrarte.

Al galope

20

MAYA LLEVABA BAJO EL BRAZO LOS PALOS DE MADERA Y disfrutaba del camino de sauces y los sonidos de la mañana en el campamento de Sweetwater —el revoloteo y los trinos de los urogallos, el ruido de alguien moviendo los cacharros en la cocina, el gorgoteo de la cafetera en el fuego y el relinchar suave de algún caballo en el corral— cuando oyó un llanto.

Fue corriendo al campamento y encontró a Payton en una de las sillas, doblándose por el dolor. Le salía sangre por la boca. La tía Vío estaba a su lado con una caja de pañuelos de papel, intentando cortar el flujo de sangre.

—Estabas corriendo hacia atrás otra vez, ¿verdad? —dijo la tía Vío—. ¿Y te tropezaste?

Él asintió.

—Maya, ayúdame a encontrar las llaves de la camioneta. Payton se ha roto un diente y tengo que llevarlo al dentista. Me gustaría que vinieras conmigo, pero si no quieres hacer el viaje hasta la ciudad y pasar el día en la oficina del dentista, lo entenderé.

—Estaré bien aquí —dijo Maya—. Terminaré de apilar la leña, barreré las tiendas y luego leeré hasta que vuelvan Fig y Moose.

—Muy bien, confío en que harás lo que dices. Volverán tarde del rancho de Tack y Feed con una carga de heno. Cuéntales lo que ha pasado y que no sé cuánto vamos a tardar en volver. Puede que tengamos que pasar la noche en el rancho. En ese caso, Payton podrá ver el desfile del 4 de julio en la ciudad.

—¡Sí! —dijo a través de los pañuelos.

—Maya, nos vemos esta noche o mañana por la

mañana —dijo la tía Vío mientras ayudaba a Payton a entrar en la camioneta—. No vayas al río. Ha llovido más de lo normal y los lagos son profundos. Si quieres, puedes recoger leña, pero no enciendas el fuego hasta que llegue alguien. Mantén los caballos en el corral y pórtate bien.

—No te preocupes —dijo Maya, corriendo a la ventanilla de la camioneta—. Payton, espero que te mejores.

Cuando la camioneta se alejó, Maya volvió al campamento. Era la primera vez que estaba sola en un campamento y se sintió orgullosa de que la tía Vío confiara en ella. Siguió su plan paso a paso, apilando la madera y barriendo las tiendas. Cuando por fin abrió la puerta de su tipi, se llevó una sorpresa.

Encima de la almohada estaba el caballito pinto

marrón y blanco que Payton había lanzado a los arbustos. Agarró la figura y la puso en la palma de la mano. ¿Cómo la había encontrado? Debió de haberle tomado horas buscar entre los sauces. ¿Y cuándo había entrado en su tipi para dejarlo allí? ¿Se habría caído al salir corriendo de la tienda? Se metió el caballo en el bolsillo del chaleco y cerró la cremallera. Mientras barría, se detuvo varias veces para tocar el bolsillo, y se preguntó qué podía hacer para devolverle el favor a Payton.

Más tarde, Maya estaba sentada junto a la hoguera apagada hojeando una de las revistas de la tía Vío cuando la distrajo un águila dorada. El ave de presa sobrevoló el campamento con las alas desplegadas, mostrando su bello plumaje. ¡Payton coleccionaba plumas! Si conseguía encontrar el nido, a lo mejor podía conseguir alguna pluma. Cuando el águila voló hacia la zona rocosa en la parte baja del río, Maya agarró los binoculares y subió la loma que se erguía detrás de su tipi. Desde allí tenía una gran vista panorámica. Siguió mirando hasta que vio un destello blanco. Volvió a enfocar las lentes con cuidado hasta que vio el águila. Entonces, se le cortó la respiración.

¡Artemisia!

La yegua estaba al otro lado del desfiladero, río abajo entre dos montañas. Por encima la rodeaban colinas llenas de arboledas. Debajo, el prado se extendía hasta la ribera. Maya bajó los binoculares, miró al campamento y luego de nuevo a la yegua. Las distancias solían ser engañosas en este lugar y Artemisia probablemente estaba mucho más lejos de lo que parecía. Se preguntó cuánto tardaría en llegar hasta ella.

Maya y la tía Vío habían cruzado el desfiladero a caballo la semana anterior, atravesando la montaña por un camino transversal y bordeando el río. Solo eso les había tomado una hora de difíciles maniobras. Artemisia estaba mucho más lejos, pero aunque Maya lograra llegar hasta Artemisia y Klee, ¿qué haría después?

Maya recordó la promesa que le hizo a la tía Vío. Debía quedarse en el campamento con la esperanza de que la yegua no se moviera de allí hasta que volvieran. Pero tardarían horas. ¿Qué pasaría si Artemisia se iba? ¿Y dónde estaba Klee? La tía Vío haría lo mismo en su lugar. Seguro que lo entendería. Quizá Maya podía guiar a Artemisia y a Klee hacia el campamento. Sí, y la tía Vío estaría tan sorprendida… y agradecida.

Maya fue al corral y vio el contenedor azul de los

225

cereales con miel. Un caballo salvaje que no lo hubiera probado nunca quizá no se interesaría en él, pero Artemisia había sido un caballo manso y había desarrollado el gusto por lo dulce. La tía Vío solía darles a sus caballos una manzana como recompensa, así que a lo mejor a Artemisia también le gustaban. La idea de ver a Artemisia de cerca empezaba a obsesionar a Maya. Volvió a mirar con los binoculares y recordó las palabras de la tía Vío: "Ellie enseguida adoró esa yegua y montó en ella todo el tiempo que estuvo aquí. Era mi yegua, Maya, pero Artemisia y tu madre establecieron una conexión como nunca antes había visto. Cuando Ellie se marchó, Artemisia suspiró por días".

—Mi madre te quería mucho —susurró Maya—. Y tú la querías a ella.

Maya revisó la ropa que llevaba puesta. Llevaba una

camisa de manga larga y el chaleco, pero a estas alturas había aprendido que el tiempo era imprevisible. Corrió a su tipi, agarró la chaqueta de su madre y luego volvió al corral para llevarse a Séltzer. Ató la chaqueta a la parte posterior de la silla, se colgó los binoculares al cuello, llenó una bolsa de lona con tres manzanas y los cereales con miel y la colgó del enganche de la silla. Sacó una soga del banco de tachuelas y la metió en la bolsa. Kleé no necesitaría una soga porque bastaba con que Maya pudiera atar a Artemisia para que el potro la siguiera. Se subió a la grupa de Séltzer y se dirigió hacia la carretera, alejándose del campamento.

Al llegar al borde del desfiladero se detuvo.

—Muy bien, pequeño, vamos despacito y con cuidado—. Llevó a Séltzer por el camino escarpado en zigzag, dándole rienda suelta para que pudiera levantar la cabeza, morder los arbustos y olfatear

227

entre las rocas. El río se veía en la distancia, formando espirales y pozos de agua. El sol desaparecía bajo la sombra del desfiladero y la oscuridad le daba majestuosidad y misterio al descenso.

Aún a caballo, Maya se detuvo al borde del río y dejó que Séltzer bebiera un poco de agua. A la sombra de la montaña el aire era más frío. Maya desató la chaqueta y se la puso, y luego cruzó el río entre las sombras. Los dos atravesaron una manta de arbustos y plantas y siguieron avanzando por la orilla.

"¿Hacía cuánto se había marchado?", se preguntó. Parecía que habían pasado horas, pero sabía que el tiempo parecía detenerse cuando montaba a caballo.

Maya y Séltzer continuaron, aminorando el paso por la línea de sauces. La luz del atardecer se volvió tenue.

—Solo un poquito más, compañero. Si no, no nos dará tiempo a regresar antes de que anochezca. —Rodeó una gran roca. Cuando llegó a otra ensenada, vio a Artemisia, erguida y paciente, a medio camino de la pendiente, como si estuviera esperando a alguien. Maya sintió que se le cerraba la garganta y los ojos se le humedecieron—. ¿Me estabas esperando? Pues aquí estoy, Artemisia.

Dejó a Séltzer en el claro del pasto que había entre los álamos. El caballo avanzaba a paso lento entre los troncos caídos por la nieve del invierno anterior y que ahora yacían sin vida. A medida que Maya y Séltzer se acercaban, Artemisia retrocedía hacia la parte alta de la pendiente.

—Hola, preciosa. Soy… Maya. No te vayas. ¿Te acuerdas de mi madre… Ellie?

Artemisia dio unos pasos nerviosos e indecisos hacia los lados y hacia atrás.

—¿Qué te pasa, preciosa? —dijo Maya desmontando

y colgando las riendas de Séltzer en un árbol. Miró entre los árboles. Una ráfaga de viento movió las hojas de los álamos temblorosos y todo el cañón resonó.

"Populus tremuloides", pensó Maya, recordando las lecciones del tío Fig.

Artemisia relinchó suavemente.

—Eres mucho más hermosa de cerca, Artemisia. ¿Dónde está Klee? ¿Dónde está tu bebé?

Examinó con la mirada un lado de la pendiente y luego se volvió hacia la roca que había bordeado anteriormente. Descubrió una masa de pelo marrón y blanco inmóvil y en silencio. Maya tembló.

Siguió hacia delante con pasos indecisos, intentando desechar los terribles pensamientos de lo que podría haber ocurrido. Al avanzar un poco más, vio las huellas de un puma. El pequeño cuerpo de Klee yacía inmóvil y lleno de sangre. En su rápido intento por cubrir su presa, el puma había cubierto la dulce carita de Klee con hojas y tierra. El aire olía a sacrilegio. A Maya se le revolvió el estómago. Se apoyó en un árbol, se dobló y vomitó. Cuando se levantó, tenía los ojos cubiertos de lágrimas.

Maya se alejó de Klee y regresó donde estaba Artemisia.

El caballo miró a la niña y luego bajó la cabeza.

Maya se llevó la mano al corazón y sintió un dolor intenso.

Tu bebé——. Se sentó durante un largo rato, mirando los pasos sin rumbo de Artemisia en la pendiente. Primero había perdido la protección de su familia y luego a su potrillo. Maya no podía dejarla ahí para que sufriera el mismo destino que Klee.

Maya sabía que tenía que regresar al campamento. Se montó en la silla de Séltzer y sacó la bolsa de lona que había atado al enganche. Se colgó la soga en el hombro y puso la bolsa en el regazo, abriéndola lo suficiente para que le cupiera la mano. Dirigió a Séltzer hacia el río, sacó un puñado de cereal, se acercó unos pasos y se detuvo delante de Artemisia.

—Hola. Todo va a salir bien. Ven conmigo.

Séltzer relinchó, como para asegurar que era verdad, y Artemisia respondió. ¿Habría reconocido a Séltzer de la manada de hace años? ¿O deseaba tanto un compañero que la voz de cualquier ser vivo la calmaba? Fuera lo que fuera, Artemisia avanzó hacia ellos.

Maya no le quitó los ojos de encima. Comprendía por qué su madre la adoraba. Había algo especial en su relincho y la forma categórica en la que alzaba la cabeza y movía la crin. Y, aun así, también parecía vulnerable, como si pidiera permiso con los ojos para que la salvaran y la amaran.

Maya miró al cielo. Tenía que darse prisa si quería

regresar al campamento a tiempo. Si la tía Vío y Payton decidían volver antes de lo previsto, se preocuparían ante su ausencia.

—Sígueme, Artemisia —dijo.

La pequeña caravana se acercó a la orilla del río.

Séltzer se agitó de repente, empezó a moverse en círculos y a gemir. Maya lo tranquilizó y miró alrededor, pero no vio nada inusual. Al momento, un urogallo salió de entre unos matorrales. Una familia de conejos de cola blanca salió de su escondite; parecían confundidos, sin saber hacia dónde correr. Una bandada de urracas echó a volar soltando rápidos *cras-cras-cras* y un castor salió de su madriguera y se lanzó al río. Maya miró a Artemisia, que se mantenía erguida y con el cuello arqueado, las orejas hacia atrás y pateando el suelo. Acarició el cuello de Séltzer. ¿Quién o qué había atemorizado a los animales?

21

El suelo tembló. Séltzer se tambaleó y Maya salió despedida por los aires. Intentó agarrarsc al enganche de cuero de la silla, pero la tierra volvió a temblar y se cayó de bruces. Los pesados binoculares se le clavaron en el pecho y la bolsa con el cereal le cayó en la espalda. Las rocas caían desde la cima hacia el prado. Artemisia gimió. El temblor continuaba mientras Maya intentaba agarrarse a la inestable tierra con las uñas.

Cuando el temblor paró, Maya finalmente respiró. Séltzer había enredado las riendas en un arbusto y trataba de zafarse, relinchando de angustia.

—¡Sooo, tranquilo, sooo! —exclamó Maya.

Séltzer se tranquilizó, pero todavía tenía los ojos desorbitados. Retrocedió y las riendas se soltaron del arbusto. Cabalgando despavorido, desapareció colina arriba.

—¡Séltzer, Séltzer! —gritó Maya corriendo detrás de él, hasta que oyó detrás de ella el ruido de algo parecido a un tren que se acercaba a toda velocidad. Miró hacia el río.

Abajo, la montaña caía a pedazos en el río, formando una masa de tierra y rocas. El temblor de tierra hizo que árboles, pedruscos y todo tipo de escombros cayeran al río. El ruido ensordecedor aumentó y la fuerza del viento vibró a medida que se acercaba. Con la fuerza de un huracán, el temblor levantó a Maya del suelo y por un momento tuvo la sensación de que estaba volando. Aterrizó boca arriba y sintió que el aire se le escapaba del cuerpo. Se quedó tumbada e inmóvil hasta que volvió a llenar los pulmones de aire. Mientras trataba de apoyarse en las manos y las rodillas, notaba que el corazón le latía a un ritmo vertiginoso.

Artemisia estaba tumbada en el suelo. Maya la vio cerca de ella, envuelta en un enredo de ramas y troncos caídos. El corazón del caballo también latía rápidamente. Maya se arrastró hacia ella.

—Ya está, preciosa, ya pasó todo.

El caballo hizo un gran esfuerzo pero no pudo quitarse de encima la pila de escombros. Maya se acercó a la cabeza de Artemisia e intentó quitar las ramas y los troncos, pero el caballo estaba enterrado bajo ellos.

El río Sweetwater había sufrido grandes daños por el alud. Se había desbordado y ahora el agua fluía hacia ellos. Maya se levantó y sacó una rama grande de encima de Artemisia, luego otra y luego otra. Al mismo tiempo, una masa de escombros se abalanzaba hacia ellas por el río, creando una oleada de agua que salpicaba a Artemisia.

—¡Vamos, Artemisia! —dijo Maya quitándole otra

rama y lanzándola al suelo. Pieza por pieza, quitó la mayor parte de los escombros.

Artemisia intentó levantarse, pero tenía encima dos troncos enormes que no la dejaban moverse.

Maya avanzó hacia el extremo de uno de ellos y lo echó a un lado, sorprendida por su propia fuerza.

Por fin, la yegua levantó la cabeza y el cuello y se dio la vuelta, haciendo que el tronco de la espalda cayera rodando. Con un ligero espasmo, se levantó por completo.

Maya retrocedió hacia la pendiente.

—¡Vamos, preciosa, por aquí!

La yegua siguió a Maya a duras penas.

Una gran ola avanzaba hacia ellas. Maya saltó hacia atrás, pero el agua se arremolinó en las patas de Artemisia. El caballo se tambaleó e intentó seguir adelante, pero cayó al agua, relinchando y gimiendo.

—¡Puedes hacerlo! —le gritó Maya—. ¡Ánimo!

Artemisia se levantó otra vez. Tenía el cuerpo cubierto de la tierra que todavía no se había convertido en fango. Mientras intentaba seguir a Maya colina arriba, la tierra tembló de nuevo. El caballo cayó al suelo a su lado y empezó a resbalarse hacia abajo.

Maya se agarró a un tronco y oyó las piedras cayendo desde arriba. Se dio la vuelta y vio una cascada de rocas descendiendo sobre Klee y sepultándolo. La tierra se movió otra vez. Maya intentó mantenerse firme, pero otra sacudida la envió haciendo cabriolas hacia abajo, como en una montaña rusa de tierra y cielo. Se desplomó sobre una roca.

Maya gimió. El dolor la recorría desde el pie derecho hasta el brazo y la cabeza le daba vueltas. Abrió los ojos, pero todo estaba borroso. Pestañeó intentando averiguar dónde estaba, pero solo veía sombras. ¿Estaba mirando al techo de su habitación en casa de la abuela?

Respiró hondo, entornó los ojos y trató de enfocar la vista. Las sombras se convertían poco a poco en tonos verdosos, que muy pronto se convirtieron en siluetas de hojas contra la luz del atardecer. ¿Dónde estaba? La mente no le respondía. Séltzer. El río. El desfiladero…

¡Artemisia! ¿Qué le habría pasado? Maya intentó sentarse pero desistió. Se sentía demasiado mareada y tenía náuseas. Al levantar el brazo herido vio que la chaqueta se había roto desde el hombro hasta el codo. Debajo tenía un corte por el que brotaba sangre, manchando la ropa. Las sombras empezaron a dar vueltas.

—Artemisia… —murmuró Maya momentos antes de ver un ramillete de puntos de luces. Luego todo oscureció por completo.

Unos empujoncitos persistentes y un relincho ronco y suave despertaron a Maya. Solo podía ver una mezcla borrosa de luces blancas. Había alguien delante de ella. Parpadeó y abrió los ojos de par en par.

Artemisia estaba delante de ella. Había bajado la cabeza para acercarse a Maya y la crin le hacía cosquillas en el cuello. El sol casi se había puesto y el río corría por las botas de Maya. Intentó agarrar la crin de la yegua pero esta retrocedió justo antes de que pudiera tocarla. Maya se dio la vuelta y se apoyó en las manos y las rodillas. Sintió punzadas de dolor en el pie derecho, la bota parecía mucho más estrecha. Soltó un quejido. La envolvió una ola de vértigo y empezó a sentir náuseas.

Artemisia volvió a relinchar, como apremiándola para que se moviera.

Maya gateó hasta un árbol, se levantó apoyándose en el tronco y esperó a que se le pasara la sensación de mareo. Artemisia caminó hacia el desfiladero, se detuvo y se volvió a mirar a Maya.

—Ya voy —dijo Maya. Observó la cima de la colina, desconcertada. Examinó el panorama hasta que supo qué había pasado. El viento había arrancado las hojas de los árboles y el terreno estaba ahora cubierto de una manta de hojas. Los troncos desnudos de los álamos parecían velas colocadas al azar en un pastel de cumpleaños. El prado cercano al río parecía como si lo hubieran barrido. Más arriba de la pendiente, las hojas se apilaban formando pequeñas dunas de follaje.

Maya avanzó cojeando, dando pasos cortos: uno, dos, tres, apoyándose en la pierna buena hasta que encontró un pequeño hueco entre dos troncos. Se dejó caer al suelo, empujó las hojas hasta crear un suave colchón y se recostó encima de ellas.

Sacó la bolsa de lona y los binoculares, y luego intentó

quitarse la bota del pie hinchado. No se movía, y el dolor era demasiado intenso para intentarlo de nuevo. Temblando, se puso el gorro de la chaqueta y cubrió las piernas con más hojas para entrar en calor. El cielo oscurecía.

—Artemisia, por favor, quédate conmigo —dijo, mirando hacia la pendiente, pero no la vio. Abrió la cremallera del chaleco y sacó el pequeño caballo pinto blanco y marrón—. ¿Dónde estás?—. Prestó atención, deseando oír el amable relincho, pero no hubo respuesta.

Entonces escuchó un crujido. Agarró una rama que tenía cerca y golpeó las hojas que le cubrían las piernas para alejar a las ratas de campo y los ratones. Se tumbó y deseó estar en un tipi con una cremallera en la puerta.

22

EL DOLOR DEL PIE DESPERTÓ A MAYA ANTES DEL
amanecer.

El cielo aún tenía un color ceniza y el desfiladero
estaba en silencio. Se sentó y miró entre los árboles hasta
que vio a Artemisia en la colina.

—Así que ahí estás. Te quedaste conmigo…

Artemisia levantó la cabeza, miró hacia Maya y siguió
buscando entre la hierba.

El dolor pudo más que el alivio. El pie derecho
le dolía como si se lo estuvieran retorciendo y la
herida del brazo estaba cubierta de lo que parecía
miel rosa. Sabía que tenía que lavárselo, pero tenía
demasiado frío y el agua del río estaría helada a esa
hora de la mañana. Se cubrió con más hojas y se
tumbó, mirando cómo el cielo empezaba a brillar.

De repente, le entró la preocupación. ¿Qué les habría pasado a la tía Vío y a Payton? ¿Dónde estarían durante el terremoto? ¿Habrían llegado al rancho? ¿Y Moose y Fig? ¿Habrían estado en el campamento o cargando el camión con el heno? Puede que se hubieran salido de la carretera o chocado. O puede ser que hubiera pasado algo peor. La idea la estremeció. ¿Y qué les habría pasado a Séltzer y Golly? ¿Habían sobrevivido? ¿Y qué pensarían todos que le había pasado a ella?

El sol ascendió en el horizonte y la mañana se hizo más tibia. Maya hizo un bastón con una rama y se dirigió al río, donde se agachó para beber agua. Sentada en un tronco se quitó la chaqueta, el chaleco y la camisa, despegando la tela de la herida del brazo y haciendo una mueca de dolor al separarla de la piel. Se quitó la bota izquierda, la media y la pierna izquierda del pantalón.

Con la pierna derecha del pantalón, la bota y la media todavía puestas, se agachó al pie de un estanque rodeado de un dique natural de rocas. La bota se llenó de agua. El agua fría y calmante le llegó a los dedos del pie, aliviando el dolor. Maya dejó que se remojara bien.

Vio que Artemisia se había acercado al río. En vez de la elegancia con la que normalmente se movía, caminaba tiesa y a paso lento. Se detuvo a la orilla del río a unos siete metros de Maya y empezó a beber.

—Tú también debes de estar herida y dolorida. Las dos tenemos que curarnos, Artemisia. Pero antes tengo que quitarme esta bota porque me aprieta demasiado—. Maya agarró el talón y la punta, tiró y la bota salió con un ruido seco, haciendo que lanzara un gritó de dolor.

Artemisia giró las orejas al oír el grito.

Maya sacó poco a poco la pierna derecha de los pantalones y se quitó la media. Al ver los grotescos hematomas y el tobillo dislocado, le entraron ganas de vomitar otra vez. Respiró hondo varias veces hasta que consiguió calmarse.

—Es peor de lo que creía. Está claro que está roto. —Por fin libre de los confines de la bota, el tobillo se hinchó desmesuradamente—. Creo que no fue una buena idea quitarme la bota.

Artemisia regresó a la pendiente.

—Por favor, no te vayas tan lejos —dijo Maya. Sumergió el brazo herido en el agua. El dolor la hizo contener la respiración y apretar los dientes. Volvió a sumergir el brazo varias veces, y luego la ropa.

Después de arrastrarse de vuelta a los álamos, extendió la ropa para que se secara con el sol del mediodía, y se sentó en una roca.

—Mírame, Artemisia. Aquí estoy, en ropa interior. Supongo que aunque estamos muy lejos de la civilización, en medio de… alguna parte, a la abuela le habría parecido muy poco apropiado.

Artemisia se mantuvo a distancia pero levantó la cabeza hacia Maya y continuó masticando.

Maya se dio cuenta de que Artemisia la miraba o se acercaba a ella al oír su voz.

—Nadie más sabe dónde estoy excepto tú, Artemisia. ¿Crees que vendrán a buscarme? Espero que sí… porque no puedo caminar. Si no vienen, ¿dejarás que me suba a tu grupa para que me saques de aquí? Tienes que confiar en mí, Artemisia… para que pueda volver a casa… si no vienen a buscarme.

Artemisia dio un paso hacia ella, pero no se acercó más.

Maya suspiró. Agarró un extremo del pañuelo con los dientes y lo ató fuertemente alrededor de la herida. Cuando la ropa se secó, se vistió. Luego comió una de las manzanas y puso cerca de ella un puñado de cereales con miel. Había hierba de sobra, pero Maya esperaba que la yegua sintiera la tentación del dulce regalo y se acercara más.

Maya se abrigo y se acurrucó entre las hojas. Miró al cielo, que oscurecía, y recordó el día que llegó al campamento y lo que había dicho la tía Vío:

—No dejes que te trague el cielo.

¿Podría pasar de verdad? Vio un punto blanco. Luego otro y otro. El cielo se abrió y la Vía Láctea apareció como una mancha blanca muy brillante en medio del cielo nocturno. Las estrellas fulgían con tanta intensidad que la oscuridad parecía perder la batalla contra la luz. Maya miró el cielo inmenso, embelesada. "¿Cómo van a encontrarme?"

Por la mañana, no quedaba nada del cereal con miel que Maya había dejado y Artemisia estaba un poco más cerca de ella. Mientras Maya se acercaba con pasos lentos y dolorosos hacia el río para remojar el brazo y el tobillo, Artemisia fue con ella, cerca pero no lo suficiente para que la pudiera tocar.

El estanque en el que Maya se había bañado el día anterior era ahora más profundo, y las rocas que lo rodeaban estaban casi sumergidas. Había dos truchas nadando en él. La corriente las habría llevado allí y estaban atrapadas. El estanque era más pequeño que una bañera, de modo que Maya pudo usar el chaleco para pescarlas con facilidad. ¿Pero cómo las iba a cocinar? Sintió el hambre removiéndole las tripas. Devolvió las truchas al estanque, encontró otro sitio en el que remojarse y pensó en la posibilidad de hacer una fogata.

De vuelta en la alameda, Maya sacó una de las lentes

de los binoculares. Limpió una zona de escombros, dispuso unas rocas en círculo y se las ideó para poner unas ramitas encima de una pila de hojas. Había visto a los chicos de la acera de enfrente de la casa de la abuela quemar hojas con una lupa. ¿Funcionaría ahora? Maya puso la lente en ángulo hasta que apareció una mancha brillante en la yesca. En unos segundos empezó a salir una fina columna de humo. Entusiasmada, movió la mano ligeramente y el humo dejó de salir. Volvió a colocar la lente y la misma columna fina apareció de nuevo. Estuvo una hora creando finas columnas de humo, pero no conseguía que saliera fuego.

Solo con pensar que podía cenar pescado, el estómago le daba una vuelta. Por fin vio un resplandor naranja.

—Eso —susurró, pero la llama se negó a arder.

Tras una docena de intentos, Maya desistió. Se comió la segunda manzana pero no le satisfizo, así que se comió la última también. Mientras el cielo volvía a desplegar su manto de belleza nocturna, dejó un puñado de cereal con miel no muy lejos de sus pies.

Esta vez, Artemisia no esperó a que Maya se durmiera para comer. Maya le habló con voz serena.

—¿Conoces la canción? ¿La de la estrellita? Yo solía cantarla cuando era pequeña. "Estrellita, ¿dónde estás? Me pregunto qué serás".

Poco a poco, Artemisia empezó a relinchar.

—Tienes razón, Artemisia. No la he cantado bien. La letra dice así:

Ellie, Ellie, Ellie, Ellie...
Ellie, Ellie, Ellie, Ellie...

23

A LA MAÑANA SIGUIENTE, MAYA SE QUITÓ LA MANTA DE hojas y llamó a Artemisia.

—¿Estás ahí, preciosa?

Se sentó y vio al caballo deambulando hacia el río. Aliviada, se sacudió el resto de las hojas de la ropa.

—Llevo tres noches fuera, Artemisia, y nadie ha venido a buscarme. ¿Crees que piensan que estoy… muerta?—. Antes de poder evaluar la situación, un zumbido chillón la distrajo. Aplastó un mosquito y luego otro, pero no logró nada. Parecía que un enjambre hubiera llegado por la noche. Se cubrió con el gorro de la chaqueta pero la atacaron en las manos, el pie herido, que estaba todavía demasiado hinchado para ponerse la media, y las mejillas.

Fue al río, donde encontró a Artemisia dando vueltas en el agua con las patas hacia arriba. El caballo salió del agua y se revolcó en la tierra y la hierba. Cuando Artemisia se levantó, parecía una pechuga de pollo empanizada.

—Ya sé, ya sé. Así es como te proteges de las moscas y las picaduras de mosquitos. Yo desde luego probaría cualquier cosa—. Tras enjuagarse en el río, Maya se envolvió en su chaqueta de nuevo y se untó una capa gruesa de lodo en las mejillas, la parte exterior de las manos y los pies. El lodo ayudó, pero los mosquitos seguían atacándola, sin dejar de zumbar alrededor. Incluso intentaron picarla en las piernas a través de los pantalones. Presa de la desesperación, se acurrucó en su sitio junto a los álamos y se pasó la tarde dando manotazos para alejar a los mosquitos.

Al atardecer, empezó a sentirse muy débil por el hambre. Agarró la bolsa de lona y Artemisia se acercó a ella. Sacó un puñado de cereal con miel y lo puso otra vez junto a los pies. Sus propias tripas hacían ruido. Maya pensó por un momento en la comida del caballo y la olió. No era más que granos de avena y miel. No le iba a hacer daño. Se metió un puñadito en la boca. Sabía al desayuno de avena con un poco de cartón. No era tan horrible y, por primera vez en días, las tripas dejaron de hacer ruido. Se tumbó, cerró los ojos y se quedó dormida.

Tuvo unas pesadillas horribles: la abuela estaba en una torre blanca y se lavaba la boca con jabón. Después, corría hacia la ventana, saltaba y se caía mientras el mundo pasaba a velocidad vertiginosa y su vida desaparecía. Otra pesadilla: intentaba atravesar una llanura de matorrales mientras un helicóptero la empujaba hacia la red de salvamento. Pero se tambaleaba y se caía. Incapaz de levantarse, no paraba de gritar mientras un puma gateaba hacia ella. Y la última: su padre y su madre nadaban hacia ella en un estanque de agua color turquesa, pero por mucho que nadaran, no avanzaban. Maya les gritaba pidiendo ayuda, pero sus brazos no eran lo suficientemente largos para alcanzarla.

A la mañana siguiente, le resultó más difícil llegar al río. Cuando se puso de pie, el dolor del pie le recorrió toda la pierna. Esta vez, en vez de llegar a duras penas con la ayuda del bastón, tuvo que arrastrarse sobre sus posaderas, con la pierna herida sobre la chaqueta, de la que tiraba para poder avanzar.

Se pasó la mañana viendo cómo Artemisia miraba hacia la cima del desfiladero y se acercaba a la cresta. De vez en cuando decía su nombre para comprobar que la reconocía. Cuando el sol estaba a punto de ponerse, la yegua se había alejado hacia el horizonte y Maya no podía verla.

—¿Artemisia? —decía Maya sin dejar de mirar la zona por la que la yegua había desaparecido. Siguió llamándola sin descanso, pero no había señales de ella.

Maya empezó a notar que le brotaban las lágrimas.

—Vuelve, por favor.

Horas después, las mejillas de Maya aún estaban

húmedas por las lágrimas cuando apareció Artemisia. Se acercó a la arboleda como si no se hubiera marchado, oteó el horizonte y se detuvo junto a una roca para orinar.

—¡Ay, Artemisia! Estoy tan contenta de que hayas vuelto. Tengo tantas cosas que contarte… Y tantas cosas que preguntarte… Te necesito, Artemisia. Por favor, no me dejes sola otra vez. ¡Mira! He conseguido hacer un fuego. Esta vez solo usé las hojas secas, y funcionó. Tardó mucho en prenderse, pero al fin lo conseguí. Y estoy cocinando pescado. La abuela nunca me habría dejado intentarlo, pero creo que… creo que mi madre habría estado orgullosa. ¿Verdad que sí?

Artemisia se detuvo y miró a Maya. Luego sacudió la cabeza y soltó un resoplido enorme, haciendo que los labios le temblaran.

—¿Te acuerdas de ella, Artemisia? No dejó de intentarlo solo porque la abuela no la aprobaba…

y… tampoco mi padre. Yo… estoy… muy orgullosa de ellos.

Maya supo que el pescado estaba listo cuando empezó a despegarse del palo. Lo colocó en una roca plana. La piel se despegó fácilmente con solo pasar una ramita un par de veces. Empezó a separar las partes más carnosas con los dedos y se las llevó a la boca. Después tomó la bolsa de lona, sacó un puñado de cereal con miel y lo apiló cerca del fuego.

Artemisia se acercó y empezó a comer.

Si Maya hubiera querido, habría podido acariciarle el cuello. Pero se contuvo por miedo a asustar a la yegua. En su lugar, susurró:

—Estoy encantada de que hayas venido a cenar conmigo. Por favor, vuelve pronto.

24

MAYA EMPEZABA A PERDER LA NOCIÓN DE CUÁNTO tiempo llevaba en el claro de álamos. ¿Hacía cinco días, seis... o más? Intentó retroceder en el tiempo mentalmente, haciendo marcas en el suelo con un palo: el día del terremoto, el día que se remojó en el río, el día que encontró las truchas en el estanque, el día del ataque de los mosquitos, el día que había cocinado la primera trucha y ayer, que cocinó la segunda. ¿De verdad llevaba una semana en la alameda?

Esta mañana no había peces en el estanque. El viento soplaba y no podía encender un fuego, pero no le importó porque el frío mantendría alejados a los mosquitos.

El cielo de la tarde oscureció. Maya tenía demasiado frío para remojarse en el río. Apenas podía mover el brazo. Se había endurecido y enrojecido y, cuando lo tocaba, la piel se sentía muy caliente.

Artemisia estaba picoteando las hierbas cerca de ella, y luego se acomodó en el claro y se tumbó.

"¿Disfruta del sol o va a dormir la siesta?", se preguntó Maya. Quizá hoy debía ser un día de descanso para ambas. Maya se reclinó con un temblor cálido. El cuerpo entero le dolía y se sentía caliente. No tenía fuerzas ni ganas de levantarse, y eso le preocupaba.

Algo más tarde, Artemisia se levantó y se encaminó al río. Se volvió varias veces para echarle un vistazo a Maya, como si le estuviera pidiendo que fuera con ella.

—No puedo —dijo Maya—. Ve tú…

El cielo nocturno se cubrió de nubes espesas que borraron la luna y las estrellas.

—Va a ser una noche muy, pero que muy oscura, Artemisia —susurró Maya—. No te alejes de mí.

En algún momento durante las horas de sueño, entre la medianoche y el amanecer, a Maya la despertó un grito extraño, como el de un recién nacido. El sonido hizo eco en todo el desfiladero.

Artemisia resopló y soltó unos relinchos ensordecedores.

Maya se levantó de repente y miró hacia la oscuridad, y luego oyó los aterradores maullidos de un felino y una terrible conmoción: rugidos, garras rechinando en las rocas, cascos golpeando el suelo, los relinchos de un caballo, un siseo, golpes en el suelo y el ritmo continuo de caballos galopando. La conmoción terminó tan pronto como había empezado.

Un puma.

Maya contuvo la respiración mientras el corazón se

le salía del pecho. La oscuridad la oprimía y parecía que no podía respirar. Oyó el chasquido de una rama al romperse. Miró en dirección al sonido. Las hojas crujían mientras algo resonaba en el desfiladero. Maya levantó la rodilla izquierda y la abrazó fuertemente mientras apoyaba en ella la cabeza. Cerró los ojos con todas sus fuerzas.

—Artemisia —susurró—, por favor dime que estás bien.

El viento soplaba. Una nube se movió y apareció un trocito de luna.

Poco a poco, Maya levantó la cabeza y vio la extraña aparición. Un montón de extraños puntos blancos, como los pedazos de un fantasma, se movían delante de ella. Maya se frotó los ojos. Oyó un relincho y resoplidos suaves. La voz le temblaba al susurrar:

—Un caballo fantasma—. Pero Maya no tenía miedo. Había algo tranquilizador en el ser sobrenatural. Una especie de gracia y desenvoltura en la manera en la que el caballo se mecía, que casi hipnotizó a Maya y la hizo sentirse segura, como un bebé en brazos de su madre.

A medida que el fantasma se acercaba, sus puntos blancos se agrandaban. Maya contempló anonadada cómo se empezaba a formar un cuerpo, tan cerca de ella que parecía que podía tocarle la barriga.

—Eres *tú* —susurró Maya.

Artemisia soltó su relincho de siempre.

—¿Es el puma que ha vuelto por más? Y, cuando no encontró a Klee, ¿te persiguió a ti? ¿O a mí? Payton me dijo que los pumas siguen a su presa. Tenemos... tenemos que irnos de aquí.

Artemisia bajó la cabeza y acarició a Maya, haciéndole cosquillas con la crin.

Maya se acercó para acariciarle la tibia cabeza y el cuello, y esta vez la yegua no retrocedió.

—Gracias —susurró Maya.

Durante el resto de la noche, Maya sintió la presencia vigilante de Artemisia. Algunas veces, cuando Maya se movía o se quejaba, sentía los suaves resoplidos de la yegua, como si Artemisia estuviera confirmando que Maya estaba a salvo.

—No tiene buen aspecto, Artemisia.

Maya se había quitado la chaqueta, se había quitado la manga y había desatado el pañuelo de la herida del brazo. La herida tenía un color amarillento. La cara de Maya denotaba tensión por el calor y el dolor que sentía por dentro y por fuera. Le lanzó una mirada preocupada a la yegua.

—Nada bueno... el brazo me duele más que el tobillo.

Maya se las arregló para comer un poco de cereal y

le dio el resto a Artemisia. Mientras la yegua comía de su mano, Maya miró hacia arriba y pensó en la distancia que había desde el suelo hasta el lomo del caballo. ¿Sería capaz de subirse con el pie y el brazo heridos? Si conseguía sentarse sin la silla de montar, ¿sería capaz de soportar el dolor de la pierna colgando sin estribos que la sujetaran? ¿Y cómo podría evitar resbalarse?

—¿Te acuerdas de cómo dejaste que mi madre se subiera sin silla a tu lomo con un nudo comanche? ¿Me dejarías hacer lo mismo, Artemisia? Por supuesto, mi madre... mi madre era muy valiente. Eso fue lo que dijo el tío Fig. Yo no soy tan valiente. Tengo miedo de... muchas cosas. De que retrocedas y me caiga. De perderme. O de no ver nunca más a la tía Vío y al tío Fig y al abuelo... o incluso a Payton... nunca más...

Débil y temblorosa, Maya sacó la soga de la bolsa de lona y el cordón de su chaqueta. Luego le quitó la correa a los binoculares y la alargó tanto como pudo, atando cada uno de los extremos al cordón. Extendió la chaqueta en el suelo y la enrolló de manga a manga, atando el cordón al extremo de una de ellas. Le costó mucho trabajo levantarse y apoyarse en un pie, pero lo logró y pasó la chaqueta enrollada por encima de la cruz, dejando que las mangas cayeran a cada lado de la grupa de Artemisia. Luego esperó para ver si esta retrocedía o corcoveaba.

La yegua no se movió y volvió la cabeza hacia Maya, como diciéndole, "No te preocupes, me acuerdo".

Maya enseguida pasó la cuerda por debajo de la barriga del caballo, juntó ambos extremos y los ató.

Luego colocó la mano bajo el cuello y acarició a la yegua. Cojeó junto a Artemisia, guiándola hacia delante, hasta un tronco caído.

—Sooo. Muy bien, Artemisia. Buena chica. No te

muevas, por favor—. Se subió al tronco con la pierna buena, se agarró con el brazo izquierdo y el codo al lomo de Artemisia, se alzó y lanzó la pierna derecha por encima, montándose en la yegua. El tobillo herido le daba martillazos de dolor. Se sintió mareada y débil y dejó caer la cabeza en el cuello de Artemisia hasta que se le pasó el mareo.

Artemisia se movió.

—Soo. Soo, preciosa. Ahora… voy a atarme las rodillas por debajo.

La rodilla izquierda se dobló sin problema. Pero cuando intentó doblar la derecha, el dolor le recorrió el cuerpo. Respiró hondo y empujó la rodilla hacia delante de todas formas. Una vez atada, el dolor pareció disminuir. Acarició a Artemisia con una mano.

—Bueno, Artemisia, vamos despacito y tranquilas —dijo Maya chasqueando la lengua.

Artemisia empezó a caminar hacia la pendiente de la alameda.

Maya volvió la cabeza hacia su pequeño campamento: un círculo de rocas alrededor de las cenizas, una exigua pila de espinas de pescado, un par de binoculares sin correa encima de una manta de hojas secas y el lugar en el que Klee yacería para siempre.

Maya sonrió y lloró al mismo tiempo. Por marcharse. Y por lo que abandonaba allí.

25

En el camino de vuelta Maya podía sentir los músculos de Artemisia a cada paso. Al principio se tambaleaba y pensó que se iba a caer. Pero al poco tiempo la parte interior de las piernas y la silla que formaban sus tejanos se movieron acorde al ritmo de la yegua, y parecía que estaba pegada al lomo de Artemisia. Durante el camino algunos baches preocuparon a Maya, pero Artemisia los superó con pasos lentos y cuidadosos. Cuando Maya gemía de dolor, Artemisia se detenía y volvía la cabeza con preocupación.

Estaban llegando a la cima del desfiladero cuando Maya miró hacia abajo y vio que el río se había desbordado y que algunas partes de la ribera de sauces estaban sumergidas. Habían tenido que evitar ríos de lodo serpenteantes y pequeños aludes toda la mañana, y habían acabado a una mayor altura respecto al nivel del río de lo que hubiera deseado. El cuerpo de Maya temblaba de frío y fiebre. Ladeó la cabeza como en un trance soñoliento. Entonces, oyó un gemido en la distancia y volvió a estar alerta. ¿Quizá venía alguien a buscarla?

—¡Abuelo! ¡Tío Fig! ¡Tía Vío!

Nadie contestó. Un semental solitario, de un negro brillante, pero de crin y patas blancas, paseaba en dirección opuesta y llamaba a Artemisia.

Artemisia levantó la cabeza y relinchó respondiéndole.

—Remington... —dijo Maya. ¿Intentaría llevarse a Artemisia con él? El semental mantuvo la distancia, pero aun así Maya se agarró fuertemente a la soga y apremió a Artemisia para que siguiera hacia delante—. Te necesito, Artemisia... para cruzar el río y escalar la montaña. Para que me lleves a casa.

Se acercaron al agua y Maya intentó encontrar un lugar en el que pudieran hacer pie, pero no conocía esta parte del río y la corriente era muy fuerte. Siguió avanzando una milla más hasta que encontró un pasaje tranquilo, aunque profundo.

—¿Qué piensas, preciosa? ¿Crees que podemos conseguirlo? —dijo Maya chasqueando la lengua y dándole la señal de avance con las rodillas.

Artemisia dudó antes de meter las patas en el río. El agua le cubrió las patas al momento. Siguió adelante pero al momento se quedó atrapada en medio de la corriente en frente de un gran estanque.

El río Sweetwater parecía jugar con los pies de Maya.

—No podemos detenernos ahora —insistió Maya—.

Sigue adelante solo un poco más. Tú puedes. Vamos—.

Maya se agarró con todas sus fuerzas a la soga.

Artemisia saltó hacia arriba creando una gran ola. Maya se inclinó hacia el lado contrario. Las rodillas se soltaron de la soga y se resbaló del lomo del Artemisia, cayendo al río. Maya se estiró buscando la soga y se agarró con una mano. El caballo siguió nadando a través del estanque, llevando a Maya al otro lado del río.

Maya se esforzó por mantenerse agarrada.

—¡Sooo!

La muñeca se le soltó, pero fue capaz de agarrarse con los dedos. La cabeza estaba medio sumergida. Maya sintió la fuerza de la corriente. Se mantuvo a flote como pudo con la pierna buena y consiguió gritar:

—¡Artemisia! ¡Sooo!

La yegua aminoró la marcha pero se empezó a hundir.

Maya se colgó del lado de Artemisia. Con toda la fuerza con la que contaba agarró la soga y se volvió a subir al lomo de Artemisia, agarrándose de la crin.

Artemisia nadó hacia la orilla. Tocó el fondo del río, se lanzó hacia delante y consiguió llegar a la ribera.

Maya se abrazó a la yegua con todas sus fuerzas, a la espera de lo que venía. Artemisia se sacudió el agua del cuerpo. Maya sintió un dolor inmenso en la pierna. Respiró hondo varias veces y gritó con todas sus fuerzas. Cuando la yegua se quedó quieta, Maya se enderezó y colocó de nuevo las rodillas en la soga. Antes de continuar, se dejó caer hacia delante y descansó en el cuello de Artemisia hasta que el corazón dejó de latir tan deprisa y la respiración se normalizó.

—Gracias, Artemisia —dijo—, por cruzar el río.

El aire enfrió y el cielo se tornó gris. Maya miró

hacia arriba. El viento traía nubes espesas del color del hollín.

Maya siguió cabalgando por la ribera del río, más arriba de los arbustos. Cuando encontraron rocas que obstaculizaban el camino, volvieron a cruzar el río, pero esta vez en la parte menos profunda. El río Sweetwater era como una serpiente, lleno de recovecos que no siempre llevaban a la misma dirección. Después de cruzarlo media docena de veces y sin el sol como brújula, Maya se desorientó.

—Artemisia, no sé dónde está el norte ni dónde está el sur del río. Quiero ir hacia el sur. —Un halcón parecía observarla mientras se desplazaba por encima elegantemente—. ¿Por dónde voy? —preguntó.

Empezaron a caer enormes gotas de lluvia. A los pocos segundos empezó a llover a cántaros. Maya recostó la cabeza en Artemisia.

Artemisia avanzó con pasos lentos pero seguros en el lodo hasta que logró subir la colina, dándole la espalda al temporal.

Maya estaba empapada y el cuerpo le dolía del frío. Refugió la cabeza en el brazo sano y se inclinó sobre el cuello de Artemisia. Pensó en el fuego del campamento, en su tipi, en su saco de dormir y en la camioneta que podía llevarla rápidamente de un sitio a otro. Pensó en bocadillos, revistas sobre caballos, agua caliente, ropa seca, cacerolas y sartenes y sillas de plástico. Incluso pensó en las bromas de Payton. Ahora mismo no le importaría que le gastara ninguna con tal de tenerlo a su lado.

Las espesas nubes se disiparon y apareció el sol, y Maya volvió a orientarse en el río. La tarde pasó hasta que llegó a un recodo conocido. Maya miró hacia el barranco y la colina rocosa.

—Solo un poco más —dijo. En la cima encontraría la carretera y luego solo sería una milla más. Le dio la señal a Artemisia para seguir adelante.

Fueron de un lado a otro al cruzar la montaña. Las rocas estaban sueltas por el terremoto y los pasos que daba Artemisia hacían que se soltaran pequeñas cascadas de piedras, además de lanzar tierra al río. La respiración de Artemisia se volvió más y más pesada a medida que subían la pendiente. Se detuvo y gimió con gran ruido.

Cuando el caballo llegó a la cima, Maya lo detuvo, se sentó erguida y miró hacia delante, buscando cualquier señal de movimiento y esperando oír el sonido de los caballos de la manada. Las ganas de ver a su familia empezaron a encogerle el corazón más y más, y se sintió como si fuera uno de esos muñecos que están dentro de una caja y saltan al salir.

A medida que avanzaban hacia el campamento,

Artemisia alzaba más la cabeza y aumentaba la velocidad.

—Lo sé, preciosa. Lo conseguimos.

Maya detuvo a Artemisia al divisar el campamento. Las sombras del atardecer envolvieron al valle. Se puso la mano sobre las cejas para tapar el fulgor del sol.

—¿Los ves, Artemisia? Yo no los veo. —Respiró hondo y sintió una extraña tranquilidad y un brote de energía lleno de felicidad—. ¡Hola!

Nadie respondió.

Maya entornó los ojos a medida que se acercaba. Al principio pensó que todo era un espejismo, como el caballo fantasma, que a veces se deja ver y a veces se oculta entre las sombras. Maya se frotó los ojos, incrédula.

Todo había desaparecido.

El río se había desbordado por todas partes. La tienda

de la cocina, sin nada dentro, yacía en un estanque de lodo. La tienda de la oficina había desaparecido por completo; solo quedaba un trozo de hierba rectangular del color de la paja en el lugar donde había estado. En la fogata había una pila de ceniza. Los tipis habían desaparecido.

Maya hizo girar a Artemisia y la llevó hacia los corrales. Solo quedaba el más pequeño con la puerta abierta de par en par. No había nada excepto agua y un poco de heno apilado en el suelo. Habían desmontado el otro corral y solo quedaban unos cuantos palos de la cerca esparcidos por el lodo.

Maya guió a Artemisia hacia el corral y desmontó, apoyándose en la pierna buena. Desató los nudos y tomó la chaqueta. Se agachó frente al abrevadero. Metió la cabeza, bebió y se lavó la cara y el cuello. Luego se dejó caer en el suelo, colocando la pierna herida hacia fuera y apoyando la espalda en el abrevadero.

—¿Adónde se fueron, Artemisia? ¿Estarán... muertos?

Abatida, se tumbó de lado, acurrucó las manos bajo la barbilla y empezó a llorar.

Maya viajaba entre períodos conscientes y estupores febriles, y oyó su propia voz cantando la canción de la tía Vío. Cerró los ojos con todas sus fuerzas, deseando que nunca terminara el sueño.

En el valle, en lo profundo del valle

Alza la cara, oye el viento soplar

Oye el viento soplar, mi vida, el viento soplar

Alza la cara, oye el viento soplar.

Las rosas adoran el sol, las violetas, el rocío

Los ángeles del cielo saben que te quiero

Saben que te quiero, mi vida, saben que te quiero

Los ángeles del cielo saben que te quiero.

Cuando sus sueños callaron, Maya se desperezó y se sentó. Vio cómo brillaba el sol en el horizonte y luego empezaba a descender. El resplandor salpicó el cielo de pinceladas amarillas, grises, moradas, naranjas y rosas. El aire se movía rápido. Le entró frío y le empezaron a castañear los dientes, así que se puso la chaqueta.

Artemisia se acercó y bajó la cabeza. Maya le acarició la cabeza y el hocico. Entonces Artemisia levantó la cabeza de repente y puso las orejas en guardia.

—¿Qué pasa, preciosa?

Se oían acordes de guitarra en la distancia.

—¿Has oído eso? —preguntó Maya. Con gran

esfuerzo se levantó y fue cojeando hasta la puerta del corral, donde se paró para escuchar. No oyó nada—. ¿Me estoy imaginando cosas?

Entonces oyó ruidos metálicos.

—¡Es la campana de un caballo!

La brisa le traía acordes de guitarra.

La cabeza le daba vueltas intentando descubrir de dónde provenían los sonidos.

Artemisia levantó la cabeza y relinchó.

Un caballo respondió. Y luego otro.

—¡La manada! —dijo Maya—. Están... deben de estar al otro lado de la colina... en el campamento antiguo...

Maya usó uno de los palos de la cerca para encerrar a Artemisia en el corral.

—Aquí estarás segura, preciosa. Yo volveré pronto.

Maya caminó cojeando por la carretera, pero no avanzaba

mucho. Se detuvo cuando oyó la guitarra de nuevo, acogiendo sus acordes como si fueran la respuesta a sus plegarias. Respiró hondo y sonrió.

Maya se miró. Tenía las uñas llenas de tierra, la ropa sucia y la camisa y el chaleco llenos de sangre. Se tocó el cabello. La cola de caballo había desaparecido hacía tiempo y tenía el pelo enredado, sucio y pegado a la cara. Se limpió la cara con la mano, ahora llena de quemaduras del sol y cubierta de rasguños y picaduras de insectos. ¿Qué pensarían de ella?

Oyó otro rasgueo de guitarra y se acercó cojeando.

Rodeó el lugar y vio un claro con el remolque viejo al fondo. Había una fogata encendida y cuatro figuras le hacían sombra. Al lado había un corral de caballos. Maya intentó agudizar el oído para escucharlos, esperando oír la voz de la tía Vío. Pero solo podía oír un toque indeciso y los dedos golpeando las cuerdas con pesar.

Maya los miró sintiendo tanto cariño y alivio que las lágrimas empezaron a brotar. Quería estar en medio de todos ellos, sentada junto al fuego escuchando al tío Fig y a Moose bromeando y a la tía Vío dando órdenes y vigilando a Payton mientras jugaba con Golly. ¿La habrían extrañado? ¿O estarían enojados por los problemas que había causado y lo mucho que los había preocupado? ¿La dejarían volver a Sweetwater?

Intentó con todas sus fuerzas avanzar o llamarlos, pero estaba tan sobrecogida que no pudo hacer nada. Se quedó inmóvil como una silueta a contraluz. Los miró… y esperó que la encontraran.

Golly fue la primera que la vio. La perrita levantó la cabeza y olió el viento. Los otros se levantaron y siguieron a Golly. Durante unos momentos los cuatro cuerpos parecieron petrificados. Luego todos se movieron al mismo tiempo. Adelante iba una pequeña figura corriendo en zigzag y dando saltos. Sabía que era Payton, que corría hacia ella. Acercándose cada vez más.

Se detuvo unos pies delante de ella.

—¡Maya! ¿Eres tú? Te hemos buscado por todas partes. ¡Con helicópteros y avionetas y perros de búsqueda y todo!

Golly se acercó a ellos sin dejar de aullar.

La tía Vío se acercó a ella y la agarró de las manos. No parecía importarle que estuvieran sucias. Las besó de todos modos.

—¡Maya! ¡Este debe de ser el día más feliz de mi vida!

Maya dejó caer el palo que le servía de bastón, se sumergió en el abrazo de la tía Vío y empezó a llorar, primero con pequeños sollozos, luego con pequeños quejidos y después explotando en un mar de lágrimas.

La tía Vío la besó en la frente.

—¡Estás ardiendo de fiebre!

El tío Fig se apresuró a alcanzar una toalla y empezó a secar con ella las lágrimas de Maya y a limpiarle las mejillas.

El pequeño círculo se abrió y Moose se abrió camino con una expresión de incredulidad.

Maya se acercó y él la abrazó.

Mientras tanto, Golly daba vueltas alrededor de todos.

—Pajarito Maya, ¿estoy soñando? —dijo Moose.

Maya quería decirle que no era un sueño. Que todo era real y que estaba muy feliz de estar con ellos. Y que los había extrañado y pensado en ellos todos los días. Quería contarles lo que había pasado con Artemisia y

Klee y el puma. Y quería decirle a la tía Vío que lo sentía mucho. Pero era como si hubiera recolectado todas las palabras en una cesta y, antes de poder abrirla y enseñársela a todos, se hubiera tropezado y todo se hubiera escapado rodando colina abajo. Ahora que intentaba hablar, solo podía balbucear algunas palabras al azar.

Maya se abrazó a Moose y escondió la cabeza en su pecho diciendo:

—Abuelo... abuelo...

Moose llevó a Maya, que tenía el brazo vendado y el pie enyesado, al rancho. Habían pasado la noche y la mitad del día siguiente en el hospital, atareados con los rayos X, varios procedimientos, anestesia y medicamentos. Maya estaba tan feliz de poder descansar por fin en una cama que cuando Golly se subió y se le acercó, Maya acarició su húmedo hocico. Se sintió en la habitación como una reina rodeada de su corte. Fue entonces que les contó toda la historia.

—¿Dónde estaban el día del terremoto? —preguntó Maya.

—Payton y yo habíamos vuelto ya del dentista —dijo la tía Vío.

Payton sonrió, mostrando su diente nuevo.

—Pues sí. Las lámparas temblaron y los platos terminaron al otro lado de la mesa.

—Moose y yo nos retrasamos en la tienda de materiales y alimentos —dijo el tío Fig—. Se cayeron algunas cosas de los estantes, pero salimos sin un rasguño.

—Fig y yo manejamos hasta el campamento pero vimos que estaba inundado hasta la rodilla. Y no había un alma —dijo Moose—. Nos imaginamos que estaban todos sanos y salvos. La tía Vío llegó temprano a la mañana siguiente, y todos nos quedamos petrificados cuando nos dimos cuenta de que habías desaparecido. Unas horas después apareció Séltzer en la colina. Llamamos inmediatamente al equipo de rescate. Trajeron sus enormes mapas y los marcaron con cuadrantes de aquí al Desierto Rojo. Trajeron helicópteros y avionetas para buscarte, y un grupo de hombres venía todas las mañanas al amanecer con sus perros y sus caballos y se iban por la tarde a última hora. Todavía no habíamos llegado a la zona en la que estabas. Pero deberíamos haberte encontrado, Maya. Deberíamos haber seguido buscándote hasta encontrarte.

Los ojos de Moose se llenaron de lágrimas, pero sonrió y añadió:

—¿Quién iba a pensar que vendrías nada menos que hasta Wyoming para pasar un terremoto?

—Ni siquiera sabía que había terremotos por aquí —dijo Maya.

—Pues sí —dijo el tío Fig—. Hubo un *Terrae motus* en 1959 en Montana que abarcó medio Wyoming y llegó hasta Seattle. Fue bien grande. ¡Un 7,5! La tierra creó un gran alud que hizo un embalse del río, y con la fuerza del alud se formó un viento tan fuerte que levantó carros y árboles. Y los géiseres del parque Yellowstone escupieron arena y...

—Fig —interrumpió la tía Vío—, puedes darle todos los detalles cuando haya descansado. Maya, dentro de unos días volveré al campamento. Tengo un ayudante en el rancho cuidando de Artemisia y los caballos. Tengo que organizarlo todo y terminar el trabajo del verano. En cuanto te quiten el yeso, Moose y Fig te llevarán de vuelta. Payton vendrá conmigo. ¿Dónde está? ¡Payton!

—¡Aquí estoy! —dijo Payton, sacando la cabeza del ropero de Maya.

—Sal afuera a jugar con Golly —dijo la tía Vío suspirando.

Payton salió corriendo de la habitación y bajó las escaleras a trompicones.

La tía Vío sacudió la cabeza.

—Tenemos que hacer que ese chico se empape de verano. Maya, ¿puedes creer que al principio no quería volver conmigo al campamento? Quería quedarse aquí contigo.

—Yo también lo he extrañado, tía Vío —dijo Maya sonriendo.

La mañana en la que se tenían que marchar, Maya encontró a Payton en la puerta de la habitación.

—Puedes entrar —le dijo.

Él se acercó a la cama escondiendo algo en la espalda.

—Nos vamos. La tía Vío y yo. Y… bueno, he hecho algo para ti —dijo sacando una bolsa de cuero.

Maya la agarró, abrió los cordones y miró dentro.

—¡Mis caballos!

—Tu tipi se inundó y la caja se estropeó —dijo Payton—. Moose me enseñó a cortar el cuero y a hacer los agujeros para pasar los cordones. Busqué sin parar en los matorrales hasta que encontré el caballo marrón y blanco. Y lo dejé en tu tienda, pero debe de haberse perdido en el terremoto. Es el único que falta.

Maya sacudió la cabeza y sonrió.

—Lo encontré en la tienda la mañana que te fuiste con la tía Vío. Está aquí —dijo sacándolo del bolsillo de la bata—. Lo guardé en el bolsillo del chaleco durante todo el tiempo que estuve perdida. —Lo guardó en la bolsa—. Quería darte las gracias y salí a buscar una pluma de águila. Pero en su lugar encontré a Artemisia.

—No te preocupes. Ah, la tía Vío dice que si el pie se te cura pronto, nos llevará de viaje a Los Vientos el último fin de semana de agosto, antes de que me vaya a casa. Sería horroroso que no pudiéramos ir. Así que prométeme que no harás nada estúpido que te impida recuperarte.

La tía Vío lo llamó desde abajo.

—¡Payton!

—¿Me lo prometes? —dijo.

—Te lo prometo —dijo Maya riendo.

—¡Estupendo! —dijo Payton.

27

ARTEMISIA CAMINÓ POR EL PERÍMETRO DEL CORRAL
mientras su instinto le decía que se mantuviera fuerte. Se sentía
muy extraña al no tener que vagar para buscar agua y comida.
El agua aparecía automáticamente y alguien traía heno para
ella y los otros caballos del corral.

La mujer venía varios días para trabajar con ella, haciendo
que corriera en círculos por el corral. Le resultaba familiar
y era buena. Artemisia recordaba lo que tenía que hacer y
sabía lo que le pedían: caminar, trotar, galopar, retroceder…
De vez en cuando, la mujer se quedaba en el corral y le
hablaba a Artemisia, igual que había hecho la niña.

La mujer cuidaba de ella y a Artemisia le gustaba que le
cepillaran el pelo. Hasta desaparecieron los enredos y los nudos
de su cola y crin. En unas semanas dejó que le pusieran una
manta, la silla de montar y las riendas. Luego la mujer se montó

y la llevó por un camino de tierra; otras veces la llevó por otros caminos, no lejos de los corrales.

Todo se convirtió pronto en una rutina. Aprendió a reconocer a algunos de los caballos por sus resoplidos y relinchos. Pero aún no se sentía parte de ellos. Y ellos no le pertenecían tampoco.

Cada tarde, al ponerse el sol, Remington aparecía por la colina y, cuando Artemisia lo veía, sentía algo especial. Él relinchaba y ella contestaba, "Estoy aquí". Nunca se acercó a ella, pero tampoco estaba satisfecho y muchas veces se quedaba por los alrededores hasta que oscurecía.

Artemisia se acostumbró a sus visitas. Todos los días al atardecer levantaba la cabeza hacia la colina, buscándolo y moviéndose en círculos, nerviosa. No se calmaba hasta que lo veía. Todas las noches pasaba lo mismo. El sol se ponía en el horizonte y ella era el centro de atención de su continuo cortejo.

28

POR SEGUNDA VEZ ESE VERANO, MAYA SE SENTÓ EN LA camioneta entre Moose y Fig, quien llevaba a Golly en el regazo.

Maya se inclinó hacia delante y se movió en el asiento y Moose giró despacio en la carretera que llevaba al campamento Sweetwater. Era difícil creer que había pasado más de un mes desde la noche en que Moose la había llevado al hospital. Había soñado cada día con volver al río y había extrañado el olor de los matorrales, las fogatas, el tipi y nadar en el río. Pero, sobre todo, había extrañado a la tía Vío y a Artemisia. El doctor por fin le había quitado el yeso, y en cuestión de días el tobillo roto no sería más que un mal recuerdo.

Mientras subían la colina, más allá del viejo campamento, Maya preguntó:

—¿Puedo ir a visitar los caballos?

Moose detuvo la camioneta y dejó que Maya y Golly salieran. La perra corrió hacia el terraplén y la camioneta se alejó.

Maya se quedó en lo alto de la colina disfrutando de la escena que tenía delante. El río fluía a través del valle y los sauces sombreaban la ribera; había cinco tipis en los claros; la tienda de la oficina estaba de nuevo en pie; la tienda de la cocina estaba en marcha y había una fogata iluminando el campamento.

Maya miró los corrales. Wilson estaba de vuelta con la pata curada y también los demás caballos, Séltzer incluido. Fue al banco de tachuelas y pasó las manos por las sillas, las mantas y las bridas. Había extrañado el olor del cuero y el heno húmedo. Abrió el cubo azul y olió un puñado de cereal con miel.

—¿Maya?

Se volvió.

La tía Vío se acercó llevando la soga de guiar que utilizaba con Artemisia. El pelaje marrón y blanco del caballo estaba lustroso y reluciente y la crin rubia se veía suave y elegante. A Maya se le encogió el corazón y salió corriendo hacia ellas.

La tía Vío le dio a Maya la soga y le dijo:

—Ahora es tuya—. Pero en lugar de guiar al caballo, Maya abrazó fuertemente a la tía Vío.

—Llegó la hija pródiga —dijo la tía Vío—. Si no nos comportamos vamos a bañarnos en cursilería.

Maya se rió y dejó de abrazarla, pero vio que la tía Vío también tenía lágrimas en los ojos.

—Bueno, bueno —dijo Maya, agarrando la soga y poniéndola en Artemisia.

La yegua respondió con un relincho gutural y bajó la cabeza hacia Maya, haciéndole cosquillas con la crin. La acarició con la cabeza, como diciendo, "Bienvenida a casa".

Maya disfrutó del ritmo que tanto había extrañado del campamento: levantarse con la aurora, darse prisa para terminar sus tareas, cabalgar hasta quedar sucia y sudorosa y tomar el sol a la orilla del río. Septiembre avanzaba y Maya contaba los días, deseando que no terminaran. Payton se iría pronto y ella volvería al rancho con la tía Vío, el tío Fig y Moose, para empezar la escuela.

Unos días antes del viaje prometido, Fig, Moose y Payton se fueron por la mañana temprano con sus cañas de pescar y caminaron río arriba. Golly los siguió. La tía

Vío y Maya los vieron marcharse y luego se miraron la una a la otra.

—¿Estás lista? —dijo la tía Vío.

Maya respiró hondo y asintió.

Fueron a los corrales y prepararon los caballos. Maya se montó en Artemisia y la tía Vío en Séltzer mientras llevaba a Wilson con una soga.

Volvieron a recorrer el camino que había hecho Maya cuando se perdió: recorrieron la ribera del río Sweetwater, vieron el alud causado por el terremoto y desmontaron en el desfiladero de la montaña, atando los caballos para que Maya pudiera mostrarle el camino a la tía Vío. Maya le enseñó dónde había perdido a Séltzer, el sitio en que Klee estaba enterrado y el estanque de agua en el que había encontrado las truchas. Encontró los binoculares que había dejado atrás y trató de mostrarle a la tía Vío cómo había hecho el fuego.

Y durante todo el tiempo, las acompañó la sombra de Remington.

Tras empezar el regreso a casa, la tía Vío dijo:

Ha venido todos los días al campamento, al atardecer. Y cuando me llevo a Artemisia a dar un paseo, siempre aparece. Está esperando una oportunidad. He pensado dejarla marchar, pero no creí que me correspondiera a mí tomar esa decisión.

—Me alegro de que no lo hicieras —dijo Maya, acariciando el cuello de Artemisia.

—Sé cómo te sientes —dijo la tía Vío—. Si estuviera ahí fuera con Remington, siempre cabría la posibilidad de que los capturaran en otra batida. Y de que luego los separaran. No hay ninguna garantía de que puedan seguir libres y... juntos.

A medida que el sol se ponía en el horizonte de Los Vientos y regresaban a casa, Maya pensó en los días que había pasado en el desfiladero y en el hecho de que Artemisia nunca la dejó sola. Cuando miró el cielo azul, en el que había trazos rosa y naranja, recordó el puma y la forma como Artemisia se enfrentó a él. Y revivió el penoso camino de vuelta al campamento y con qué cuidado la había llevado la yegua. Maya miró fijamente las nubes del atardecer, que solo momentos antes habían sido manchas blancas esponjosas y que ahora se perdían en un horizonte de siluetas grises y negras. Una lágrima rodó por su mejilla.

—Artemisia —susurró—, siempre estaremos juntas…

Antes de que oscureciera del todo, llegaron a un descampado en el que había un matorral. Maya estudió el terreno y se emocionó. Artemisia relinchó. Maya tuvo un deseo irrefrenable y miró a la tía Vío, pidiéndole permiso evidentemente.

—Adelante, Maya —dijo la tía Vío—. Suelta bastante las riendas de Artemisia y mantente centrada.

La brisa se detuvo.

Un grupo de estrellas brillaba en el cielo. Maya chasqueó la lengua para dar la señal de trote. Artemisia empezó a acelerar. Maya hizo el sonido del beso para empezar el medio galope. Artemisia se alzó y se lanzó a la carrera, hacia el horizonte, batiendo el suelo con los cascos, que resonaban como un grupo de tambores al ritmo del corazón de Maya.

"¿Quién no se siente vivo en el viento?", pensó.

Artemisia resopló y su respiración sonaba fuerte y cadenciosa.

Maya oyó su propia voz decir:

— ¡Vamos, Maya, vamos!

Se inclinó en dirección al viento, llena de felicidad por las cosas más triviales: el olor de los arbustos, las canciones de la tía Vío y Golly haciéndole cosquillas en las piernas. Por los panqueques del tío Fig y un abuelo cuya cara era el espejo del alma. Por el rancho, el cuadro que había pintado su padre, la habitación con el cielo inclinado, Payton y la promesa de un nuevo verano. Por las partes de ella que seguían siendo las mismas y las que eran nuevas. Por su madre, que había recorrido cielo y tierra sobre un caballo. Y por un viaje a punto de comenzar. Y cabalgó.

Artemisia empezó a galopar. *Brrruum, burrruum, burrruum.*

Maya dejó las riendas en el enganche y abrió los brazos al viento. De repente sintió como si se levantara del suelo y galopara por las estrellas cada vez más deprisa. Y galopó, galopó y galopó. El tiempo se detuvo. Nada de lo que había pasado o pudiera pasar importaba. Alzó la cabeza.

Ella era el caballo, las estrellas y el viento.

De camino al campamento, el reflejo de la Vía Láctea y la luna iluminaban las pisadas de los caballos. Había oscurecido. Remington rondaba cerca de ellas.

Maya se volvió para ver la silueta del caballo. ¿Debería dejar que Artemisia se marchara? ¿Podría él protegerla? ¿Ante un puma, por ejemplo? ¿O de las decenas de vaqueros que hay en una batida? ¿Cuál sería la mejor decisión? Y cuando la tomara, ¿cómo sabría que había sido la correcta? Sobre todo teniendo en cuenta que le faltaba mucho por aprender. Maya miró hacia el inmenso paisaje en frente de ella. El río Sweetwater no era más que una serpenteante línea verde y el campamento un punto en el universo. Pero en lugar de sentirse pequeña, la inmensidad capturó sus pensamientos y los esparció en orden. "Algunas personas quedan atrapadas en su tristeza y se aferran demasiado a lo que les quedó... No tienes que superarlo, solo tienes que seguir adelante... Ahí fuera todo es importante, por pequeño que sea... Imagínatelos libres y luego separados de sus familias y encerrados".

Maya aminoró el paso.

La tía Vío siguió cabalgando un poco y luego se detuvo.

Maya giró a Artemisia hacia el lugar en el que habían visto al semental. Desmontó, le quitó la soga, la silla y las mantas.

Remington la llamó.

Artemisia alzó las orejas.

—¿Qué deseas? —susurró Maya—. ¿Correr libre y pertenecer solamente a las estrellas?

Maya acarició la cara de la yegua con cariño. La miró

a sus enormes ojos marrones y la vio como la había visto por primera vez: una yegua que había pertenecido a su madre. Que era el líder de la manada y la mantenía en armonía. Con el pelaje encrespado y la cola y la crin llenas de enredos. Alegre y llena de vida. Maya la vio como cuando estaba con Sargent, Mary y Georgia en el lago, revolcándose en el agua. Y con Klee a su lado, sus cuellos entrelazados.

Remington relinchó.

Artemisia arqueó la cabeza hacia delante y le contestó con un relincho.

Maya pasó la brida por encima del cuello y, al hacerlo, le acarició las orejas. Después, le dio una palmada en la pierna.

—¡Vete! —le dijo—. ¡Corre!

Artemisia empezó a subir por la colina y se detuvo, mirando a Maya.

Maya rompió en sollozos. Le dijo adiós con las manos.

—¡Corre, Artemisia, corre!

Artemisia siguió avanzando. Remington trotó para encontrarse con ella. Sus crines se rozaron durante un momento.

Remington levantó la cabeza y relinchó.

Artemisia eligió el camino y él la siguió.

Maya seguía moviendo los brazos en el aire, diciéndoles adiós. Y en algún lugar muy dentro de su corazón sintió que la invadía una certeza junto con sus lágrimas.

—Nos volveremos a ver... te lo prometo, Artemisia.

Maya vio cómo se alejaban los dos caballos y cruzaban el desfiladero. Sus siluetas oscuras se fundieron en la noche y el blanco de sus pelajes relucía como el alabastro. Dos espíritus. Pinceladas delicadas en un lienzo de sombras. Trotando. Galopando. Pintando el viento.

Glosario

ALAZÁN Caballo de pelaje, crin y cola anaranjados.

APPALOOSA Raza de caballo famosa por las manchas de su pelaje.

ÁRABE Raza de caballo que se distingue por tener la cabeza pequeña pero delicada y el cuello largo.

AUDUBON, JOHN JAMES (1785-1851) Pintor estadounidense famoso por sus cuadros sobre pájaros de Norteamérica.

BATIDA Reunión de caballos salvajes realizada por vaqueros.

BAYO Caballo rojizo o de tono marrón oscuro y crin, patas y cola negras.

BRIDA Enganche que se coloca en la cabeza del caballo, normalmente para el armazón y las riendas.

BUCKSKIN Caballo de pelaje amarillento y cola y crin negras.

CABALLOS CUARTEROS Una raza equina que proviene del

cruce entre caballos nativos americanos con los caballos ingleses traídos por los colonos. El caballo cuartero recibe su nombre por ser capaz de correr un cuarto de milla más rápido que cualquier otra raza. Se le considera de gran resistencia y temperamento tranquilo, y se usa en tareas variadas.

CASSATT, MARY (1845-1926) Pintora estadounidense cuyos padres se opusieron a que fuera artista. Se hizo famosa por su trabajo en pasteles. También es conocida por ilustrar vidas de mujeres y por sus duros retratos sobre la relación madre-hijo.

CATLIN, GEORGE (1976-1872) Pintor estadounidense conocido por sus retratos de nativos norteamericanos.

CORRAL Lugar cercado en el que están los caballos.

COSTILLARES La parte redonda alrededor del pecho de un caballo, formada por las costillas.

CRUZ La base del cuello de un caballo, la parte más alta de la espalda.

EQUINO Relativo a los caballos.

Equus Caballus El nombre en latín de la especie del caballo.

ESTRIBO Enganche de la silla de montar en la que el jinete coloca los pies.

GALOPE Paso de tres ritmos a 8 ó 10 millas por hora. El paso más extendido se llama "guía".

GALOPE TENDIDO La forma más rápida en la que se mueve el caballo, generalmente a unas 25 ó 30 millas por hora. Los caballos salvajes van al galope tendido cuando tienen que huir de un depredador, de una situación de peligro o para ir de un sitio a otro rápidamente. A cada paso que dan ninguna de las cuatro patas tocan el suelo.

GANCHO Pieza en la que se engancha la brida.

GENTILESCHI, ARTEMISIA (1593-1653) Pintora italiana del Barroco. Se dedicó al arte en una época en la que no se animaba ni apoyaba a las mujeres artistas.

GRULLO Caballo de color grisáceo, normalmente de crin oscura con una raya en la columna.

HARÉN Grupo de yeguas que puede incluir sus potrancas y potros (hasta que cumplen los dos años). Un harén está dominado por un semental que no deja que ningún otro caballo se acerque al resto de la manada.

HOMER, WINSLOW (1836-1910) Pintor estadounidense, conocido y aclamado por sus paisajes marítimos.

KLEE, PAUL (1879-1940) Pintor suizo que usó diversas técnicas, entre ellas óleo, acuarelas y tinta. Su obra es difícil de clasificar porque incluye elementos de muchos estilos, como cubismo, surrealismo y expresionismo.

NUDO DE COMANCHE Una soga atada alrededor de los costillares y la barriga del caballo (bajo la cual los jinetes aseguran los pies y las piernas). Antiguamente lo usaban los jinetes para montar.

O'KEEFE, GEORGIA (1887-1986) Pintora estadounidense conocida por su interpretación simbólica de paisajes, flores, caracolas y huesos de animales.

Overo Caballo con el pelaje normalmente claro. Las patas suelen ser oscuras y pueden tener algunas manchas blanquecinas esparcidas de forma irregular.

Palomino Caballo de pelaje blanco, tostado o dorado, con la cola y la crin doradas.

Paso Paso lento y constante a unas 3 ó 4 millas por hora.

Pinto Los caballos pinto son caballos cuarteros. Se cree que los caballos pinto descienden de los caballos que trajeron los conquistadores españoles. Los nativos americanos los adoraban por su rigor y tranquilidad y porque consideraban que tenían poderes mágicos. Los vaqueros también los aprecian en gran medida por su habilidad para mover el ganado. Normalmente, un caballo pinto tiene las marcas de un tobiano o un overo.

Potranca Una yegua menor de 5 años.

Potrillo Un caballo en edad de mamar.

Potro Un caballo menor de 4 años.

Rascadera Cepillo plano, generalmente de forma redonda u ovalada para quitarle la tierra al pelaje del caballo.

Relincho Sonido que emiten los caballos para comunicarse.

Remington, Frederic (1861-1909) Pintor, escultor e ilustrador estadounidense especializado en escenas del oeste americano y reconocido por sus estatuas de bronce.

Riendas Las cuerdas de cuero que se atan al enganche y con las que el jinete controla los movimientos del caballo.

Ruano Azul Caballo de crin y cola negras y pelaje negro y blanco, que le da un tono gris azulado.

Russell, Charles M. (1864-1926) Ilustrador y pintor estadounidense especializado en el oeste americano y famoso por sus escenas realistas de vaqueros, nativos americanos, paisajes y caballos al galope. También es conocido por sus esculturas de bronce.

Sargent, John Singer (1856-1925) Pintor estadounidense, considerado como el retratista más importante de su época. También conocido por sus paisajes. Muchos presidentes estadounidenses solicitaron sus obras.

Semental. Caballo macho fértil.

Seltzer, Olaf (1877-1957) Pintor estadounidense cuyo talento empezó a brillar desde que tenía tan solo 12 años. Sus obras ilustran el oeste americano: vaqueros, la vida salvaje de la meseta, los nativos americanos y gente común, entre ellos inmigrantes.

Trote corto Paso de dos ritmos. En un trote corto el caballo avanza de 6 a 8 millas por hora, más o menos la velocidad a la que corren los humanos. Un trote corto lento no suele hacer botar al jinete, pero en uno rápido la mayoría de los jinetes se mueven de arriba abajo al ritmo del caballo.

Wilson, Charles banks (nacido en 1918) Pintor estadounidense que comenzó su carrera como ilustrador de libros. Conocido por sus retratos de nativos americanos y las escenas de naturaleza del sureste americano.

Wyeth, N. C. (1882-1945) Pintor estadounidense aclamado por sus bodegones, paisajes y murales e ilustraciones del paisaje estadounidense. Ilustró más de 25 libros, entre ellos ediciones de *The Yearling*, *Robinson Crusoe*, *Robin Hood*, *Kidnapped* y *La isla del tesoro*.

Yegua Hembra del caballo.

Zaino Caballo con pelaje de tono tostado y, por lo común, crin negra. También puede tener rayas circulares alrededor de las patas y una raya dibujando la columna.

4/12 ⑥ 3/11
7/14 ⑥ 3/11
5/18 ④ 7/17